ほしあかりの道

雨《う》意《い》

文芸社

目次

ほしあかりの道

一、暗雲

　七月上旬、中学校の一学期の期末テストがやっと終わり、一息ついたところだった。小さな学習塾を開いて四十年余り。気づけば、毎日毎日授業をし、子どもたちと向きあう日々だった。今日の授業が終われば、明日の授業のことを考え、年間五回の定期テストの対策をし、受験生には年間七回の診断テスト対策をしなければいけない。明けても暮れても、塾のことを考えるだけの日々を過ごすうちに、いつの間にか歳月が流れ、私は高齢者と呼ばれるようになっていた。

　それでも、定期テストが終わると、ほっとし、わずかに心に余裕ができる。今回も一週間のテスト対策が終わり、その間、数回心臓を鷲掴みにされたような疲労感を抱えながらも、なんとか全力を尽くした。

「さあ、明日から少しゆっくりできるね」

　事務担当者としてパートタイムで雇用している高木秋夫に話しかけた。

　しかし、彼の表情はいつものテスト後の解放感とは程遠く、暗く沈んでいた。

「どうしたん。なんかあったの」

　この人は、いつも無用に明るかったり、途轍《とてつ》もなく暗かったりと情緒が不安定だった。思えば、三月頃から沈みがちで、よく考え込んでいた。

「悩みでもあるの」

「ある」

やっぱり何かあるのか。不安は当たった。

とっさにその三つが浮かんだ。もっともこの男にはこの三択しかなかった。

「借金？　脅迫？　女？」

「女」

暗い声が返ってきた。やっぱりそうか。この男と知りあって、三十年余り。数々の悪夢を見せられてきた。

しかし、ここ数年は比較的穏やかな日々が流れ、時には感謝さえしていたのに。やはり秋夫との空間には、平穏という二文字は存在しなかったのか。

「女って、どういうこと」

聞きたくもないが、聞くしかなかった。何回も問い詰めると、秋夫はやっと重い口を開いた。

二月中旬の午前二時頃、公園で一人の女と出会った。「自殺したい」と言う女を放っておけずにアパートに連れて帰った。ところが、すぐに出て行くと思った女が居座り、どう説得しても、出て行ってくれない。おまけに女は料理はもちろん、家事が何ひとつできなかった。しかたなく、塾が終わった深夜に食材を調達し、午前三時頃から食事を作って食べさせているが、もうそんな日々に限界がきた。とにかく、女に出て行ってほしい。

秋夫の話を要約すると、こんな感じだった。やっぱりそんなことか。この男は、過去にとんでもないことをしでかしてきた。でも、今回は度が過ぎている。それでも、とにかく女に出て行ってもらうしかないだろう。秋夫の性格からすると、責めすぎるともうどうでもよくなり、たぶん一生その女を抱え込むだろう。そして、ニュースになるような不幸な結末を迎えるに決まっている。

「なんとかせないかんね」

激しい動悸をむりやり押さえ込み、落ちついているふうを装って言った。

「どんな女か見てみるか？　悪い人間ではない。おとなしいし、性格はいいみたいやけど」

秋夫は、私が思いのほか冷静なのでほっとしたのか、アパートに来てくれと言った。

深夜、秋夫の１Ｋのアパートへ行った。女は薄暗い照明の下、幽霊のように立っていた。頭が大きく、それを支える体は貧弱だった。まるで一本のマッチ棒のように。恐ろしく覇気がなかった。全く手入れされていない腰までの髪。それは白髪交じりで、ところどころパサパサしところどころベタベタ固まっていた。まだ四十代前半と聞いていたのに、七十代の老女に見えた。私は想像を超えた女の姿に息をのみ、言葉を失って立ち尽した。

家までの帰り道、秋夫が沈黙に耐えられず口を開いた。

「な、どんな感じだった。自殺したらいかんから、どうしようもないんや」

「前歯、全部なかった。口の中が洞窟みたいに真っ黒やった」

そんな間の抜けた感想しか言えなかった。

ふいにもう一言、つまらないことが言いたくなった。

「暗い道であの人に出会ったら、誰でも本物の幽霊やと思やろうね」

「な、な、そうやろ。そうやろ。だから力ずくで追い出すことができんのや。あの女に恨まれるんが怖いんや。俺のアパートの外階段で首でも吊られたら困るやないか」

(何を言うんじゃ、今さら。あんた、気に入ったから女を連れ帰ったんでしょうが……)

口には出せない言葉だった。今、怒れば問題解決はさらに遠のいていくはずだから。

それにしても、なんというやっかいな女を拾ったのだろう。元々、秋夫は道に落ちている物を拾う癖があった。ペン、ライター、ピアス、ブローチ等々。なんでも嬉々として拾ってきた。それにしても女とは……。秋夫は、世間一般の固定観念に束縛されることなく、彼独特の価値観で生きてきた。ホラーやミステリーのテレビ番組を見る必要もない程のハラハラ、ドキドキ感を瞬時に作り出せる男だった。

しかし、ここ数年の彼はすっかり落ちつき、体を壊し、以前のような働きができなくなった私を助け、塾の経理を含めた事務全般、教室の掃除、電話番、備品の修理等々の業務をてきぱきとこなし、おまけに、食材の買い物、ゴミ出し、母の世話さえ手伝ってくれていた。まさに公私にわたり、私を支えてくれていたのだ。

あれは五十歳ぐらいの時だったと思う。いつもの雑談の途中に秋夫は急に真顔になり、何を思ったかふいにこんなことを言った。

「咲ちゃん、俺のこと、ほんまは恨んでるやろ」

私は、何を今さらと思った。怒りを通り越して、鼻で笑った。

「あんた、何様のつもりなんだよ。叶えられないからと恨む程の期待をあんたにしたことなんかあったかな。あんたはいつも私か母親の後ろに隠れて、私たちの争いをじっと見ていただけだろう。うちはこの歳までなりふり構わず、死に物狂いで働いてきた。男に養ってもらおうなんてケチなこと、これっぽっちも考えたことはない。自分の人生は、自分で責任を持って生きてきたんや。今さら男を恨む必要なんかどこにあるんや」

なんともかわいげのない、更年期の女の独り言だった。女一人生きるには、何もかも蹴散らして、わけのわからないエネルギーを生み出して進むしかなかった。しかし、そんな啖呵が切れたのは、今から考えると、当時はまだかすかに若さと体力が残っていたからだろう。虚勢を張るにも、最低限不可欠なその二つが。

あれから十数年があっという間に過ぎ去った。

今の私は、カンダタ（犍陀多）が細い御釈迦様のくもの糸にぶら下がるように、出会ってから初めて秋夫に頼っていた。「咲ちゃんは無理をしてきたから、体が悲鳴を上げとるんやな。もっと養生してくれよ。なんでも俺に頼れよ」と秋夫は言った。

とにもかくにも秋夫の問題は、否応なしに一緒に悩み、解決するしかなかった。ふいに「夜目、遠目、笠の内」ということわざが浮かんだ。

暗い公園で出会った女は、もしかしたら、一瞬かわいらしく見えたのかもしれない。彼特有の好奇心とやさしさと、女への少々の好意で部屋に連れ帰ったのだろう。そして案の定、えらいことになった。

とにかくこのことで、テストが終わって、数日は頭を空っぽにしてゆっくり過ごしたいというささやかな私の願いは、みごとに打ち砕かれた。やっぱり、秋夫ワールドは、私に、心安らかに生きるという選択を許そうとはしなかった。

秋夫が女の待つアパートに引き返したあと、一人路上に残された私は、

「なんや。なんでやあー。なんでこんなこと起こるんやー」

頭を掻きむしって、赤みがかった月に向かってただただ吠えた。奇声が夜の静寂《しじま》に響きわたった。狼男もきっと、説明しがたいうっぷんを抱えて吠えるのだろうな、こんな夜に。

二、秋夫と夫とビッチョンと

秋夫と出会ったのは、彼が十九歳、私が三十三歳の時だった。彼は当時、地元S大の学生で、私は学習塾を開いていた。私には、すでに心が通わなくなった夫と八歳の娘がいた。

夫も私もS大の出身だった。夫はS大時代、空手部に属し、空手に青春のすべてをかけていた。空手をしている夫は、驚く程輝いていた。部員の誰よりも多く巻きわらを突き、瓦を蹴り、険しい山道を駆けぬけていた。当時、合コンやバイトに明け暮れる学生たちが多い中、一人近くの神社の階段を、泥だらけの道着を着てうさぎ跳びで駆け上がる姿を、昨日のことのように鮮やかに目に浮かべることができる。空手部の全体練習のあと、自主練をどこまでもストイックに追求する夫は、後輩部員からとても尊敬されていた。夫の空手には魂が込められていた。その空手魂に、私の心は引き寄せられた。

世界一誠実で頼れる男と結婚した私は、幸せになれると信じていた。結婚直後に妊娠した私は、目先の金に走らず子どもを見てくれ、という夫の言葉に一も二もなく同意し、勤めていた中学校をあっさり辞めた。というのも、私も夫も保育園を全く信用していなかったからだ。私たちの住む隣県で数年前、失恋した五十代の女性園長による園児殺害という痛ましい事件があった。たとえ殺害まではいかなくても、何を考えているかわからない他人に我が子を預けて働くことに不安があった。夫と私はこの点で意見がぴたりと一致していた。教師という仕事は好きだったが、幼い我が子が、せめて誰に危害を加えられたかが言える年になるまでは、自分の手で守り、育てると決意した。まじめな夫とかわいい我が子、裕福とは程遠かったが数ケ月は幸せだった。

しかし、娘が一歳になる前に、夫が病に倒れた。重い腎臓病になり、透析が必要になったのだ。週三回、四時間の透析をしながら正社員として働くことは難しかった。当然会社も辞めざるをえなくなり、出産後、私が家計を助けるために開いていた小さな塾を、夫は手伝うようになった。それが、じわじわと夫婦間に亀裂を生じさせていき、いつしか取り返しがつかなくなった。

そもそも亭主関白で俺様キャラの夫が、私と同じ仕事をしていて問題が起こらないはずがなかった。また私も、それをうまく処理するには、あまりにも未熟すぎたし、夫への配慮も足りなかったのかもしれない。おかずの味付けや掃除の仕方ならいくらでも譲れたが、私は教育のことでは、自分の意見を曲げることができなかった。どんなに若くても、女であっても、一度《ひとたび》クラス担任になれば、一国一城の主だった。どんなベテランの先生であっても、自分のクラス運営に口を挟むことは許せなかった。

あの時もそうだった。四十数年前、私は新卒の教師としてはりきって教壇に立っていた。私は小・中学校、養護学校（現在の特別支援学校）教諭の免許を持っていたため、一学年に二クラスあるちょっと特殊な小学校に赴任した。そこは、一組は健常児学級、二組は難聴児学級で、算数、国語、社会、理科は各クラスで学習し、音楽、図工、体育、家庭科、給食等の活動は、一・二組合同で学習するという形態をとっていた。私は四年一組を担当し、二組は、他校から赴任してきた佐々木先生という、六十手前の白髪頭にボサボサの眉、赤ら顔という、獅子頭のような厳つい顔のもっさりした人が担任になった。

背が低く、ずんぐりとしたドラム缶体型で、いつもワイシャツの裾がズボンからはみ出しているような身なりもかまわない佐々木先生は、他のスマートな先生方とはどこか異質で、一言で言うと田舎の頑固じじいという雰囲気をかもし出していた。時々他の先生も含めて学校の帰り、路地裏の居酒屋で飲むことがあった。

「まあ、先生一杯どうぞ」

と言ってビールを注ぐと、

「いやあ、こんな若くて美人に注いでもらうと酒がうまい」

と、美人かどうかはともかくとして、とても喜んでくれた。

私はこの先生が嫌いではなかった。少なくとも裏表のない人柄には好感が持てた。

しかし、佐々木先生は、徐々に一組を支配しようという野望を持ち始めた。どの学年も二組の先生方は自分のクラスの児童を受け入れてもらうという立場から一組の先生に気を使い、小さくなっていた。でも佐々木先生は違った。なぜなら一組は新卒の女教師。小柄で愛想もそこそこい い。こんな女から一組二組の合同授業の主導権を奪うことは、赤子の手を捻《ひね》るようなものとふんだに違いない。

来たる危機を肌で感じた私は、この侵略者に一組を取られてはならない、一歩も引かぬ覚悟で身構えていた。一組の児童たちは、私よりも敏感に事態を察していた。そして、自分たちの新米先生を守ろうという空気ができあがっていった。

一組の先生が主導権を握る場面で、佐々木先生は私をさしおいて、たびたび前へ前へと出ようとした。そのたびに、一組の子どもたちが一斉に叫んだ。

「ビッチョン（子どもたちのつけた佐々木先生のあだ名）、ひっこめ」

「咲先生に替わって、とっとと二組へ帰れ」

「ビッチョン、ゴーホーム」

ありがたかったが、主導権争いに子どもたちを巻き込んだことと、一組二組の融合をめざす我が校の教育方針を歪めているような気がして、複雑な心境にもなった。一組の子どもたちは、新人の先生がベテランの先生方に怒られて、放課後秘かに流す涙を知っていた。

「先生、うちらがついとるから、がんばって」

「先生、泣いたらいかん。オレら勉強がんばるから」

子どもたちの援護射撃に支えられ、私は口うるさい先生方の厳しい指導にも耐えることができた。

ビッチョンは、私に害を加える気はさらさらなく、むしろ助けてやろうという親切心だったのかもしれない。それでも一組を牛耳るという行為は、私の権利を侵害していた。

「岡内先生、大船に乗った気でなんでもワシに任せたらいいんや、ワシがあんじょうしとくわ」

と、金歯を光らせて笑いかけられた時は、正直ぞっとした。一組の担任である以上、楽だからと他組の先生に頼ってクラス運営をすべきではない。たとえ失敗しても、私は児童たちと力を合わせ、私の一組をつくりたかった。そこはまさに私の城だった。

一・二組合同で食べる給食の時間に事件は起こった。

「手を合わせましょう。いただきます」

日直の児童のあいさつが終わると同時に、佐々木先生がすごい勢いで教室を出て行った。（どうしたんやろう）と先生の席を見ると、給食が置かれていなかった。配膳《はいぜん》をしていた時、まだ置いていないと気づいてはいたが、あとで置くだろうと配膳係の児童に強《し》いて注意しなかった。いや、そんなことどうでもよかったのかもしれない。

このことで私は放課後、教頭先生に呼び出された。厳格で恐れられている独身の女教師だった。

「気がつかなくて申し訳ありませんでした」

と、私は口だけは神妙に詫びた。

「かまへん、かまへん。あんたも忙しいから。この頃ようがんばってはるわ。給食ぐらいで大人げないわ、あの先生も」

意外にも、教頭先生は笑っていた。この先生でも笑うんだと驚いた。

「あのな、あんたに一言言うとくけどな。ああいう戦争を体験した人には、なんでも給食はてんこ盛りにしたらいいんよ。どんなものでも、とにかくてんこ盛り。おいしくても、おいしくなくてもてんこ盛りよ」

ふだん私をかわいがってくれているベテランの女の先生が大声で言った。

職員室が爆笑の渦に包まれた。

この日から、佐々木先生は一組への関心を失い、私の授業を教室の後ろでおとなしく見るようになった。

子どもたちの援護と、佐々木先生が他の先生方に疎まれていたお陰で、私は一組を取り戻すことができた。佐々木先生にはすまないなあという気持ちもあったが、私は自分の才量で一組をまとめていけることが嬉しかった。担任という立場は、私にとっては誰にも譲れない程大切なものだった。たとえ人の良い老人を傷つけても。

子どもたちの学力と個性を伸ばし、彼らと共に生きていく。それが当時の私の生きがいだった。また、教育学部で学んだことを一つ一つ実践してみたかった。教育という不思議な魅力に捕らわれていたのかもしれなかった。夫は空手道、私は教育に心を奪われていた、あの頃は。

そんな私と、リーダーシップを取らなければ気がすまない夫は、仕事に関して真っ向からぶつかるようになってしまった。それに加えて夫は透析に慣れず、体調の悪い日々を送っていた。さらに悪いことには、夫は食事療法が必要だったのに、塾がとても忙しくなり、ついつい仕事に没頭した私は、食事が作れない日があった。

ある日、授業が終わり、食事が用意されていないことを知った夫は顔色を変えた。

「俺の飯がないのか。俺は飯がないと死ぬんやぞ」

と言いながら、とっさに二階に逃げようとする私の髪を掴み、玄関のたたきに投げ飛ばした。空手二段の投げは強烈だった。つぶされたカエルのように、息も絶え絶えにたたきにへばりつきながら、私は思った。うちは遊んでいて食事を作らんかったわけやない。仕事が忙しかったんや。

家族が一緒に暮らすための仕事やないか。

仕事がなければ一家離散し、夫は一人で歓迎されない故郷に帰り、家業を手伝いながら闘病することになっていた。また、娘に人並みの暮らしをさせたかった。そんな思いから、私が働けば働く程、私たちの距離はますます開いていった。夫は、私のことを家庭も顧みず、金儲けに奔走する勝ち気な女と認識していたのではないだろうか。それでも、病気に押しつぶされて疲弊していく夫と幼い無邪気な娘を守るためには、きれいごとではなく、金は必要だった。塾は我が家の命綱だった。夫になんと言われようと一家に一人は、真剣に金を稼ぐ人間が必要だったのだ。金で幸せは買えないというが、それは程度の問題だと思う。今月の家賃、今日の食費がなくて、どうやって病人と幼子の生活を維持できるというのか。いいや、今はそんなことを長々と考えてる時やない。次の授業の始業が五分後に迫っていた。

つぶされたカエルは、不屈の精神でいきなりムクッと起き上がり、髪を整え、涙をぬぐった。必死で笑顔の仮面をパカッとつけると、家の一室を改造した教室へと、何事もなかったかのように軽やかに向かった。「笑顔の仮面」は教室へ入るための大切なアイテムだった。

昼間学校で勉強し、部活動で疲れて、それでも勉強するしかないと思って塾に来る子どもたち。せめて笑顔で迎えてあげたい。暗い顔は御法度だった。体中どこもかしこも痛かった。心はもっと痛かったけど。

三、大部屋の経済学

渾身の笑顔で授業を終え、子どもたちを見送ったあと、痛む胸をおさえ、はれた顔を冷やしながら、「金がなくても幸せ」という一度は夫と共有した概念を、私はいつどこで捨てたのだろうかとふと思った。

それは四十一年前、娘を出産した病院のあの大部屋がきっかけだったかもしれない。そうだ。あの部屋では、金がなくても幸せというきれいごとをぶち壊した出来事が多々起こった。娘を産んだ数日後、大部屋で寝ていた時、夫が入ってきた。ひどく浮かない顔をしていた。

「入院費用を払ったら、貯金がゼロになったよ」「そうなんだ」

支払いのため渡していた私の預金通帳がゼロになったのか。私が退職後、夫一人の給料でまかなえない生活費の一部を、教員時代に貯めた私の通帳から出していた。出産費用を払うと残金がゼロになったとは。ただでさえ不足気味の母乳さえ止まりそうな、不安な気持ちになった。双方の親はそれぞれ事情を抱えていて、絶対に援助は期待できない状態だった。

夫は卒業後、大阪の大手企業の内定を蹴り、母校空手部の監督になるために県内に残ることにした。そして、師範の紹介で小さな地元の会社に就職していた。

朝早くから夜遅くまで働いていたが、夫の給料では生活するのが精一杯だった。小さなぼろぼろの借家の家賃三万円が、毎月確実に不足していた。今までは家賃は私の通帳から出していたが、もう残金がないとなると、とりあえず退院後、娘を母に預けて三万円をなんとか稼ぐ必要がある。出産後でよれよれの私は、「娘よ、見てて。母さんはあんたのためにがんばるよ」と、まだ名さえない子に力なくつぶやくしかなかったのだった。

さらに辛いことには、大部屋の私以外の皆さんは結構年配で、経済的に豊かだったのだ。隣の人が退院する日、「さあ、帰ったら、ばあちゃんが、家中がんがんストーブ焚いて、廊下にもストーブ焚いて、もう暑うてたまらんようにほっかほかにして待っとるで。赤ちゃんに汗疹《あせも》出させたらどうしよう」と、部屋中に響きわたるやたら張りのある大声をあげた。私は衝撃を受けた。（え、ストーブがんがんほっかほかって……）。うちには、姉にもらった古いストーブはあるが、灯油を買う余裕があっただろうか。考えてみれば、今は二月。まだ冬だった。出産前も灯油がなくて、日当たりの悪い家で風邪ばかり引いていたことを思い出した。

もうこうなったら、この子にありったけの布団をかけてやるしかないなあ。主人も私も田舎とはいえ、一応国立大学を出ていた。けれど主人一人の稼ぎでは、親子三人が質素に暮らすことさえもできないのが現実だった。

一方、この知性も教養もなさそうな粗野なおばさんは、結構な資産家で言いたい放題。三人目の子を産んで、毎日その豊かな暮らしぶりを自慢し、ストーブがんがんほっかほかという止《とど》めの決め台詞を残して、この貧乏人を震えあがらせ、ゆうゆうと去ろうとしている。

これが生きた経済学なんだ。私は出産後わずかの間に、日本国における貧富の差を学んだような気がした。大部屋内のたった六名の中でさえ、でっかい家をほっかほっかにして、赤ん坊を連れ帰る女がいれば、冷えたオンボロの借家に、家賃の心配をしながら赤ん坊を連れ帰る女もいる。

思えば、ついこの間まで学生で、その後、小・中学校の教師だった私には、本当の世間が見えてなかったのだ。当時の私にとって学校は給与をもらうというより、教育技術をみがくための学びの場だった。そのうえ金の話を毛嫌いし、清貧を好む男と結婚したため、ますます世間一般の常識から遠ざかっていた。夫婦二人だけなら愛を神棚に飾って、清貧を心ゆくまで楽しむのも風流でいいじゃないかと思えたかもしれない。しかし我が子の誕生は、私を一気に現実へと連れ戻した。いつまでも空手の道に命をかけた清廉潔白夫に、黙してついていくかわいい妻ではいられなかった。

大部屋の他の四人も、ほっかほかの粗野なおばさんに負けず劣らずそれなりに裕福そうだった。隣のベッドの四十歳過ぎぐらいの大柄な人は、初産らしかったけれど、すべてにゆったりしていた。夫は公務員らしくやさしそうだった。金に余裕があると、こんなに穏やかに過ごせるんだ。産後、頭の中でそろばんを弾き金の計算ばかりしていた私は、正直うらやましかった。この夫婦の会話を聞くと、ほぼいつも、むかついていた。「なんだか、母乳の出が悪いのよ。マッサージも痛いし、どうしたらいいのかしら」と、主人にまったりと話しかけていた。

（どうするったって、母乳の出が悪いならさっさと痛くても死ぬ気でマッサージしてもらうしか

ないでしょうが。赤ちゃんに母乳は必要やろ。考える余地はないだろうに。何、のんびりかまえているんだよ）

そのおっとりした口調が妙に癇《かん》にさわって、その日も心の中でおばさんの夫にかわって返事をしていた。

看護師さんが入って来て、そのおばさんに言った。

「河合さん、今日赤ちゃんに母乳飲ませたの？　赤ちゃんの体重、全然増えてないよ」

「はい、座ると痛いので、今日三回母乳飲ませるのをパスしました」

思わず、看護師さんと目が合った。いやあ、世の中には、こんな呑気な人がいるんや。毎日暇さえあればメロンや高そうな和菓子やケーキばかり食べているのに、授乳をパスするとは。まさに異次元の人だった。

ともあれ私は、この大部屋で他のおばさんたちの子どもたちが当然の権利として得られているのに、我が子が享受できない三点をはっきりと認識した。一点目は、股関節を締め付けないオムツカバー。普通のオムツカバーより高価だけど、股関節を守るすぐれものらしい。この部屋では、うちの子だけ持っていなかった。二点目は、自宅の暖房。まだ二月だというのに退院後のうちの子には寒い、暖房のない部屋が待っていた。三点目は、屋内での日光浴をさせる場所。うちの借家は古いうえに日当たりがめっぽう悪かった。どの部屋も、昼間でさえも電気をつけないと真っ暗だった。当時の育児書には、赤ちゃんを裸にして一日一回日当たりの良い部屋で日光浴をさせましょう、と書いてあったのに、うちの子はどこで日光浴をさせたらいいんだろう。親が貧乏だからといって、新生児が大切な日光浴をする権利も奪われているとは。

今考えると些細なことかもしれないが、出産直後の、なんか不安定な時期だったのか、深夜、この三種の神器を考えると、涙が止まらなくなった。我が子が持っているものより持っていないものが気になってしょうがなかった。それ程、生まれたばかりの我が子は愛しかった。なんとしても守るべき存在だった。

不幸中の幸いといえば、あの時流した涙は、後日、難民の子どもたちやドイツ国際平和村の子どもたちに、ほんの少しだが寄付をする原動力になったということだった。子を持ったからこそ、子どもに十分なことをしてやれない親の辛さがわかり、もっと苛酷な環境の子どもたちを支援するべきだと思うようになったのかもしれない。

それには、豊かさを自分の子どもにだけ享受させて、他の子どもたちに目もくれないあの大部屋のおばさんたちへの憤りも含まれていた。我が子に向ける温かいまなざしを、困難の中、生きる子どもたちに一瞬でも向けてほしい。我が子の頭をなでるやさしい手を、他人の子どもたちにも差し伸べてほしい。

そして、母親たちは力を合わせて、我が子を含めすべての子どもたちが、生きていてよかったと思える社会の構築をめざすべきじゃないか。飢餓や戦争で苦しむ子どもたちが一人でも減るような。また、子どもたちを将来戦場に送り出すことのないような。まあ、我が子ときっちり向きあえなかった私が言うのも僭越かもしれないが。

四、小舟のゆくえ

退院後、母に無理を言って、週二回夜、娘を預け、大手学習塾の講師として働き始めた。それで、とりあえず家賃と生活費の赤字を埋めることができた。

その後、自宅の一室で、近所の子どもたちを教えるようになった。二、三人を教えていたが結構評判になり、あっという間に生徒が増えていった。当初は週一、二回だったはずが、いつの間にか毎日授業をするようになるとともに、母の負担もどんどん増えていった。幸いにも私が身につけていた教育技術のお陰で保護者や生徒たちから信頼を得て、塾の経営は安定していたので、夫の給料をあてにしなくても、親子三人が十分暮らしていけるようになっていた。

娘は夫から奈々子と名づけられ、三種の神器を持たせてやれないという病院の大部屋での心配をものともせず、すくすくと育っていた。三人を乗せた小舟は大海に向けてゆっくりと進んでいた。すべてがうまくいくように思われた矢先だった。突然夫の病という恐ろしい大波が襲ってきた。それをよけきれず、小舟はくるくると木の葉のように回りながら、次第に行き先を見失っていった。

県立病院に入院している夫を、生後十ケ月の奈々子を自転車の前に乗せて、見舞いに通う日々が始まった。

「幸せってもろいなあ」

声に出すと、思わず涙がポツンと落ちた。大部屋で流した涙も乾ききらないうちに、再び涙があふれてきた。一難去ってまた一難。なんでこうも生きにくいのか。奈々子の毛糸の帽子をかぶった小さな頭の上にしょっぱい小雨が降りそそいだ。雪が降ってもおかしくない程寒い日だった。

「負けたらいかん。負けたらいかん」

なんとしても、奈々子のためにがんばるしかない。ここから私の、「絶対に負けられない戦い」が始まろうとしていた。さらに私の塾も、「絶対に赤字を出さない戦い」が強いられるようになった。

しかし、皮肉にも退院した夫が、透析をしながら塾を手伝うようになって、小舟はしばしば嵐に巻き込まれていった。やがて仕事だけにとどまらず夫婦の他の価値観も少しずつずれていった。

懸命のがんばりで学習塾のハードは整っていったのに、とうとうソフトがぶっ壊れてしまう日がきた。夫の私に対する暴言、暴力はまだ許せた。だがある時から、夫の怒りは、孫を不憫に思い、何くれとなく私を手伝ってくれていた、私の父母にも向けられるようになった。

その日、仕事を終え、いい気分で一杯引っかけてうきうきして子守りにやって来た父に、夫の暴言が飛んだ。

「あんたなあ、ここは塾なんやぞ（この頃はまだ自宅の二階が教室だった）。酔っ払いがうだうだ言いながら千鳥足で来る所やないぞ」

おとなしい父は、孫に会える喜びも吹き飛び、すごすごと帰っていった。それでも、父は一言も私を責めようとはしなかった。それがよけいに辛かった。

父には申し訳なかったが、この出来事で私は離婚を決意した。父母は昼間の仕事で疲れた体をものともせず、必死で働く私のために一生懸命娘の面倒を見てくれていたのに。夫は感謝することもできないのか。暴言はあびせても。もはやこれまで。夫は臨界を越えてしまったのだ。

若くして透析患者になって、体調の悪さに苦しんでいた夫。もし、この病が治るならば、きっと元の颯爽としたスポーツマンに戻ることができただろう。しかし、それは仮定にすぎない。私たちは心を一つにして病を乗り越えることはできなかった。

もし、私が病に倒れて家事ができなくなったら、主婦としての務めを果たせず、申し訳ありませんと手をついて詫びただろう。でも、夫には、それがなかった。

「俺は、病人やぞ」が口癖だった。

(あんたが病人だから、どうしたというんよ。そのために、妻や子や私の両親がどれほど苦労し、迷惑してるか考えてみて。辛いのは病人だけじゃない。周りの人も十分辛いんだよ)

心の中で、どれほど言い返したか。

考えてみれば、娘は物心ついた時から、健康な父を知らない。父はいついかなる時も病人だった。だから、うちは子どもが一番の家庭ではなかった。権力を持つ病人は無敵だった。

小学生の娘は、やさしいパパがクリスマスプレゼントを買うために大奮闘するというストーリの当時大人気の映画に拒否反応を示した。何事にも大らかでこだわりのない娘にしては変だなあと思った。今考えるとそれが奈々子の精一杯の無言の抵抗だったのだろう。こうして夫の病気は平凡な家庭から家族の団欒《だんらん》を奪うだけでなく、家庭そのものに容赦なく侵食していった。

そんな時、私は秋夫と出会ってしまった。私は母校S大の恩師に頼まれて、塾のかたわら時々実験助手をしていた。ある時、教授から「レポートが書けない学生がいるから、書き方を教えてやってほしい」という依頼があった。指定された日に研究室に行くと、部屋の片すみに秋夫はうつむいてポツンと座っていた。ヘアスプレーで固めたオールバックの髪型、白いワイシャツにベージュのカーディガン。少しも若さが感じられない、サラリーマンのようなきちんとした服装をしていた。びっくりする程整った顔だちだった。

ただ、そのきれいな大きな目は深い深い海の底のように暗く、鈍色《にびいろ》に光っていた。それは、日々の暮らしに満たされない、いじけた深海魚を引きつけるのに十分なあやしい光だった。彼と私は、一目で同類だとわかった。どちらも、やさしさと愛に飢えていた。秋夫は父親とうまくいかず、ことごとく家族と対立し孤独の中にいた。私は、夫とうまくいかず、働けば働くほど辛く当たられる暮らしに嫌気がさしていた。出会ってはいけない二人が出会って、より闇が深くなるということに、この時私は気づけなかった。幸せはなかなか掴めないけれど、不幸の種はあっという間に手に入れることができた。秋夫との出会いで、さらなる闇に向けての一歩を踏み出した私だった。

五、秋夫との別れ

「俺のことを愛してくれな」

秋夫は、大きな目をうるうるさせて、会うたびに確認するように言った。その端正な顔だちと言動がいつもどこかちぐはぐだった。レポート指導の間に、秋夫と私の距離は急速に縮まった。誘われて行った彼の部屋には、尾崎豊や中森明菜や郷ひろみの曲がいつも流れていた。学生時代に返ったような、ほっとする空間があった。

呼び方が「岡内先生」から「咲ちゃん」、「高木君」から「アッキ」に変わる頃、こっそり家をぬけ出した私と秋夫は、真夜中の散歩をするようになった。

手をつないで、どうってことない夜道をあてもなく歩いた。時には二人で歌いながら。秋夫は郷ひろみよりも郷ひろみの歌が上手だった。高校生のようなデートだった。いや、三十三歳の女は、まちがいなく高校生に戻っていた。タイムマシンの切符一枚さえ持たずに。歩き疲れてベンチに座ろうとすると、秋夫はあせってハンカチをさっと広げた。

「咲ちゃんは王女様や。こんな汚いベンチに直接座らすわけにはいかん」

「俺、咲ちゃんといる時が一番幸せやなあ」

なんかどこかで聞いたような言葉だったけど、それでもよかった。使い古されたありきたりの言葉でさえ、胸にじんと染みた。

ふと空を見上げると、星がささやかに瞬《またた》いていた。一番小さな星は奈々子のようだった。どこかたよりなげに遠慮がちに小さな光を発していた。わずか二キロ離れた借家の二階で、無邪気に眠っている奈々子の姿が浮かんだ。

「一体、何をしてるんや。うちは」

ふと我に返ると、奈々子への罪悪感に打ちのめされた。

「奈々ちゃん、ごめん。母さんは、どこに向かって歩いているんやろう」

楽しかった散歩は一瞬で魔法がとけて、私は瞬時にして高校生から三十三歳という実年齢のおばさんに戻った。美しかった周りの景色もすべて色あせていった。十二時を過ぎたシンデレラのようにあせった。「帰らないかん。奈々ちゃんの待つ家に」

しかし、そこには、私を否定することに生きがいさえ感じているような夫もいた。夫は、私も私の父母も姉もすべて嫌っていた。父や姉が塾に来ることをかたくなに拒否していた。場が読めないという理由で。それは日々、夫を生活面でも仕事面でも力の限りサポートしている私への全否定なのか。まだ尽くし足りないというのか。

当然のように、私と夫は以前のようなけんかさえもできない、冷えきった仲になってしまっていた。もし、ひとたびけんかになれば、まちがいなくどちらかが無傷ではいられなかった。二人は理性でこらえて、沈黙を貫いていた。幼い奈々子を守るために。そこは二人、心は一つだった。親の一方が加害者、もう一方が被害者になれば、一番辛い思いをするのは奈々子なのだから。

世間体を取り繕い、学習塾はそこそこに繁盛していた。塾を開いて七年。自宅から駅前のビルの二階に教室を移し、私たち以外に常勤講師一名と非常勤講師二名も雇えるようになっていた。誰がどう見ても、仲の良い夫婦の運営している健全な学習塾だった。

でも、奈々子だけは、何かを感じていた。それは、三人で夫の運転する車に乗っている時だった。車が信号で止まると、奈々子はすばやく私の手を取り、サイドブレーキを引いている夫の手の上にそっと重ねた。

「仲良く、仲良くね」

歌うように、奈々子は言った。

(ごめん。奈々ちゃん、母さんは、もうこの人とは無理なんよ。病気でも金稼がんでもいいけど、やさしさがない人とは暮らせんの。母さんは、その人にとって、金を稼ぐ家政婦でしかないの)

心の中で詫びた。なんとか仲良くさせようとしている幼い娘が哀れで、胸が締め付けられた。この子のために、できることならやり直したい。しかし、もう沸点は超えてしまっていた。憎しみのターゲットが私だけなら、まだ我慢できた。しかし夫はターゲットを他にも見つけてしまった。私の両親や姉にまで無礼な態度をとる夫は、いくら病人でも許したらいかんと思った。だからといって、秋夫との未来は全く見えなかった。いや、存在すらしなかった。

十四歳の歳の差を考えると、目の前には越えられそうもない高い壁がそびえ立っていた。それでも、つかのまの夢が見たかった。すべての日常から逃れて。

こうして、三十三歳の女は、高校生のような無分別な恋愛にまっ逆さまに落ちていった。そこがもう一つの地獄の入り口とも知らずに。ただ、一応教育者の端くれという自覚があったので、けじめはつけなければいけなかった。不倫は絶対してはいけない。だから、これ以上迷走する前に夫に離婚してもらい、家を去った。それでも、娘と元夫の食事療法のため、毎日元の家に通っていた。訳のわからないぎりぎりの二重生活が始まった。結局、妻の座は下りたが、塾の講師と家政婦と奈々子の母の座は容易に下りるわけにはいかなかった。二人の生活はなんとしても支えなければいけなかったのだ。愛する我が子と、その父親はこの手で守るしかなかった。

しかし、この不自然な生活は、長くは続かなかった。秋夫の度重なる浮気や、彼の親の私たちの交際に対する猛反対もその要因ではあったが、決定打は彼もまた病に倒れたことだった。自己免疫性の難病だった。この病気はすさまじく、わずかな間に彼を身も心も廃人にした。

数ケ月の入院後、医者に不信感を持った彼は、二度と病院に行こうとはせず、酒と公営ギャンブルに溺れていった。一日中大量の酒を飲み、ギャンブルをし、その反動でその後三日間程起き上がることさえできずに寝込む。四日周期でこの繰り返しがエンドレスで続く日々だった。病に絶望した秋夫は傷ついた野獣そのままに、破滅に向かってまっしぐらに疾走していった。

「病気を治して、まじめに生きて」と頼む私の言葉に、決して耳をかそうとはしなかった。つまり辛い治療に取り組んでまで守るべき存在でなかったんだろうな、私という女は。こうなると、もう私の手には負えなかった。なぜなら、私は、日々身に余る程の仕事を抱え、娘と元夫の世話をおこたることはできなかったから。病を治す意志をなくした男を立ちなおらせるための時間も心も余裕がなかった。もう、つないだ手を離すしかない。こうして、すったもんだの末、一、二度死にかけたあと、秋夫は親元に帰ることになった。

引っ越しの日、彼の嫌味な親父が鼻歌を歌いながらはりきって荷物を運んでいた。その歳に似合わない、切れのいいきびきびした動きに、跡取り息子を取り戻した喜びがあふれていた。その様子を黙って見ていた私に、秋夫の母が今まで見たこともないとびきりの笑顔で声をかけてきた。

「まあまあ、あんたもあんな子でもいなくなると寂しいやろうけど、これからも元気でがんばってや」

みごと息子を取り戻した勝者が敗者にかける、余裕の一言だった。

（それがあんたの勝利宣言かい。聞きたくないよ、あんたの上から目線のあいさつなんて）と思ったが、さすがに口には出さなかった。秋夫への献身、増悪、執着それらすべては短い言葉にはできなかった。だから、ただ黙って立ちつくすしかなかった。やがて、夕闇がこの木偶坊《でくのぼう》をすっぽりと包み込んでしまうまで。

こうして、私と秋夫の幸せちょっぴり、苦しみてんこ盛りの五年余りの同棲生活は、あっけなく終わった。寂寥《せきりょう》感と疲労感だけを残して。重い病に苦しむ夫との暮らしも、重い病にかかり破滅していった秋夫との暮らしも、喜びも楽しみもない、先の見えないものだった。ここ何年も、腹の底から笑っていないことに気づく余裕もない程に。

結局、難病という向かい風にあい、「愚かな恋」という第二章の幕は降りた。彼は元気な時は、キリギリスのように目先の楽しいことだけを追求していた男だった。あのうっとうしい、老獪な親にもさんざん苦しめられた。あげくの果てに大病を患い、どんなに頼んでも真摯に病気と向き合おうとはしなかった。

それでも、

「俺はいったん病気を治すために実家に帰るけれど、きっと治して、咲ちゃんを迎えに来る。それまで待っててくれ」

もし帰る時、彼がそう言ってくれたなら、私は何十年でも、いや永遠に待っていただろう。いや、それは違うよ。咲。お前は、もう待ってはいけない。思えば、離婚し、周りの人たちを傷つけただけの、純粋で、愚かな、無防備な恋だった。心配をかけた母や寂しい思いをさせた娘のために生き直さなくては。

あっけない別れだった。秋夫は一言も発せず、両親とともに車で去った。彼の親との意固地な綱引きはともかくとして、彼との引いたり緩めたりの綱引きを繰り返し、曲がりなりにもほんの少し幸せだった二年余りの日々。病気に負けて自棄《やけ》になった男と出口の見えない迷路を彷徨《さまよ》った三年余りの不毛な日々が過ぎ去っていた。

六、「鉄人」と呼ばれた人との永遠の別れ

二十数年前の夏休み直前だった。個人面談が終わり、元夫に昼食の手づくり弁当を渡そうと電話しても、話し中になっていいて出なかった。何回かけなおしても話し中だった。いつも昼前に弁当を渡すことになっていたので、何か変だと感じた。そこで、家に行ってみた。

元夫は玄関のたたきに、受話器を持って倒れていた。脳内出血だった。透析を始めて十五年。血管はもう限界だったのだろうか。

死に逝く夫のベッドを囲み、彼の故郷から駆けつけた義姉と、娘と私はまるでコーラスのように声を合わせて泣いた。三人の泣き声に送られて彼は静かに旅立っていった。四十二歳という若すぎる死だった。

十八歳の時、キャンパスで気迫に満ちた型を演じる男を見た。その姿に、私は人生をかけた。あこがれの人と結婚できて一年ぐらいは、私は幸せだったのかもしれない。

しかし、家庭にヒーローは不要だった。私が生まれて間もない娘を抱いて三人で電車に乗ったことがあった。電車から降りると、夫は私がお年寄りに席を譲らなかったことを責めたてた。いやいや、私も産後やし、赤ちゃん抱いていたしと言い訳すると、鉄拳がとんできた。妻をぶん殴ってでも、社会正義をつらぬく人だったが、妻にとっては迷惑なヒーローだった。それでも、ま

だこの頃は、彼をどんな時も弱い人を守ろうとする人だとひたすら尊敬していた。でも、私の両親にまで、病気のストレスをぶつけるようになった彼は、まぎれもなくヒールになった。昔、テレビ番組の中のヒーローはかっこいいと思ったが、意外にプライドが高く、自意識過剰で、身近にいるとうっとうしい存在なのかもしれない。かといって、ヒールも嫌だ。どっちにしても家庭にはいてほしくない。

けれども、元夫の急逝は私の心に大きな風穴を開けた。あらゆる意欲が失われた。恩讐の彼方の戦友を失ってしまったのだ。それでも、いつまでも悲しみに浸ることは許されない。彼は、塾の一番忙しい時期、夏期集中講座の始まる二日前に亡くなった。そのため、いったん開講を延ばしてもらっている。なんとしても講座を始めなければならなかった。開講を信じて待っていてくれる生徒たちのために。ひとまず心を凍結し、泣くのはすべての講座が無事終わってからにすることにした。

元夫がこの講座の直前に亡くなったことは、私にとって大きな打撃であり、大いなる慰めでもあった。彼が、暑い夏の間中、必死で働いて、ほっとする間もなく亡くなったなら、あまりにも哀れだった。あの病弱な体に無理をさせたまま逝かせることは、辛すぎた。

「タカさん、夏期集中講座しなくてよかったね。あれは本当にしんどいからね。保険金はなかったけど、奈々ちゃんを私に与えてくれてありがとう」

元夫の位牌に手を合わせた。

元々、憎しみにまみれて別れたわけではなかった。もう再び二人の心が融合することはないと見切っての別れだった。「勝負あった、そこまで！」の審判が下されたのだ。確かに秋夫の存在はけじめをつけるという点で私の背中をドンと押したが。「離婚してください」と言うとあの人は何も言わずに印鑑を押した。

元夫は、正義感の強い真っ直ぐな人だった。空手をしている時の彼は、私にとってスーパースター。技あり、体力ありで、下級生からは「鉄人」とさえ呼ばれていた。また怖そうな人にからまれている人がいたら、躊躇せず必ず助けた。時には誰かを庇って顔中血だらけになりながらも。道端のヤンキー集団のけんかもよく仲裁していた。悪いことをしてはいけないと本気で叱っていた。どんな時も、困っている人を見て見ぬふりをして立ち去る人ではなかった。古流空手道の教え、「空手道は義の助け」「破邪顕正（誤りを正し、正義を明らかにすること）」を実践した人であり、小細工のいっさいできない、肝のすわった人だった。まさに男の中の男だと信じて、あこがれ続けた人だった。

空手道大会で多彩な格闘実技が秘められた豪快なスーパーリンペイの型を演じたあの人の姿は、永遠にこの胸に刻まれているだろう。でも、病気があの人を変えていった。いや、病気というよりも、彼のことを心から心配する人がいなかったことが、彼を追い込んでいったのではないか。仕事でいっぱいいっぱいだった元妻の私。故郷の薄情な兄夫婦。早くに夫を亡くし、これ以上の苦労はもうたくさんと彼の病という心配事からこそっと逃げた彼の母。何かの本で読んだことがあった。病人にとって一番辛いことは、誰からも本当に心配されないことだと。もしかしたら彼をヒーローからヒールに変身させたのは、私たちかもしれない。治ることのない病への絶望と、誰も本心から自分を心配してくれないという寂しさが、彼の心をずたずたに引きさき、私や私の家族への憎悪を募らせていったのかもしれない。いや、もしかしたら助けを求めていたのだろうか。暴言も暴力も、弱音を吐けない男のSOSのサインだったのか。ごめん。気づいてあげられずに。私は生涯、あの人の一ファンでいるべきだった、妻ではなく。

離婚後、外食も出来合いの総菜も元夫の体には良くなかったので、透析患者に配慮した食事を一日二回渡していた。その時、「ありがとう」と言って、あの人は感謝を示すようになっていた。しかし、その声はもう二度と聞くことはなかった。彼はまだまだ生きて、さんざん周りの人々に文句を言って、迷惑をかけて旅立つだろうという私の予測は、みごとにはずれた。でも、奈々子という世界で唯一無二の宝物を残してくれたことがありがたかった。ある時から、私たちはボタンをかけちがえた洋服を着ているように、どこか不自然で、すべてがくいちがうようになった。それでも娘の父として元夫は、誰にも負けないやっぱり「誇れる人」だった。

七、虚しい再会と哀しい誓い

療養のため実家に帰ったものの、やはり父親と折り合いが悪くなって、秋夫は一年もたたずにこちらに舞い戻ってきていた。時々呼び出されて喫茶店で会ったが、もう以前の二人には戻れなかった。何かが微妙に変わっていた。二人は、明らかに別の道を歩き始めていて、もうその道は再び交わることはなかったのだ。

また、彼が戻ってきた数年後に元夫が亡くなり、正真正銘一人で塾を運営しなくてはならなくなった私は、前にも増して忙しかった。娘も大学進学のため県外に出ていった。元夫の食事療法からも解放された私は、すべてのエネルギーを仕事に注ぎ、猛然と働いた。私がどうかなった時のためにと生命保険も入りなおした。両親も金もない状態で娘を一人ぼっちにするわけにはいかない。

「タカさん、奈々ちゃんが一人前になって、奈々ちゃんを守ってくれるやさしい人と結婚する日まで、私を元気で生かしてください。そしたら、私はあの子をきっとこの手で守り抜くから」

元夫も高校生の娘のことが一番心残りだったに違いない。私が娘を守ることがお経をあげたり、墓参りをするよりも彼の一番の供養になるに違いない。そう信じた私は、元夫を見送る時に真剣に祈った。彼は、きっときっと娘を守らせるために私を生かしてくれると確信していた。

それから、十年、祈りが通じたのか私は病気一つせず、一日も休むことなく馬車馬のように働くことができた。食事の仕度にも家事にもわずらわされることもなく。そのため、皮肉にも塾は常勤講師も一人増え、前より流行っていた。歳をとった時のことも考え、小さいけれど家を建てた。たとえ生徒が一人になっても、家賃を気にせず教えられるようにと。もっとも、私を「金目当ての女」と評した秋夫の母に対するリベンジの気持ちも心の底にあったことは否めない。

「おばさん、あんたの息子の仕送りを狙っていた女は、自分の働きで家を建てたよ。月六万の仕送りのピンハネでは建てられない家を」

私は、この一言が言いたかったのかもしれない。

ついでに、私の心の底にまだかすかに残っていた秋夫の残像を完全に消したかった。彼とかかわると住宅ローンを返せなくなるような気がして。私はこれから三十年余りの日々、多額の借金を抱えて生きなくてはならないのだから。もはや綿菓子のような愛や夢を追い求めて生きる余裕も、秋夫の両親とのガチバトルを再開する余力もなかった。私は、ありったけの時間を仕事に費やして無我夢中で働くしかなかった。父を失った娘のためにも。あの人は、生きていれば金以外のどんな脅威からも娘を守ったはずだから。娘の父親には、もっともっと生きていてほしかった。

また秋夫との想い出は、一割のイミテーションの宝石のようにやたらキラキラ輝く美しいものと、九割のドロドロした汚泥のようなものでできていた。それは、未熟な男と女の恋愛の生み出した残骸だった。

その中には秋夫の両親への恨みもたっぷり含まれていた。あの人たちは最初から最後まで、一言も私の気持ちを聞こうとはしなかった。それはどう土足で踏みにじってもいいものだったに違いない。

「子持ちの年上の女から跡取り息子を取り戻す」という大義名分に向かって、絶対にぶれない人たちだった。そこに人としての会話が成立する余地は皆無だった。彼の両親は、私を息子をたぶらかす悪女と決めつけていた。一言の言い訳も許さなかった。彼の母は、私が毎月六万円の彼への仕送りを狙っていると思っていた。

「ふざけるんじゃねえよ、おばさん。金を引っぱるのが目的ならあんたらみたいな吝嗇家《りんしょくか》の息子、誰が相手にするんだよ」と怒鳴りつけたかった。

人の金をあてにしないために、どれほど必死で働いてきたか。わずかな仕送りの中から、一体いくら掠め取ろうとしたというのか。確かに、歳の差も考えずにあんたの息子を好きになった私は、どうしようもない愚か者だよ。その点は認める。だけど、人の金を狙うような姑息なまねはしない。そこまで腐ってはいないよ。仕事に集中するあまり、夫に殴られたり蹴られたり。鼓膜だって何回も穴が開いた。それでも親子三人、人に頼らず生きていくために歯を食いしばって働き続けてきた。ただただ情けなかった。年齢差はいつの間にか私を金目当ての悪女にしたてあげていた。

自分は正しい立派な人間だというオーラ全開で、ふんぞり返っていた彼の父は、もっと小物の悪党だった。彼の部屋を引き払ったあとの清掃代、修理代の数十万というけっこうな額を息子との交際を許すふりをして、すべて私に払わせた。忘れようと努力している最中の秋夫への未練を利用して。なんて卑劣なだまし討ちだろうか。あの男の猫撫で声を思い出すといまだにぞくぞくと寒気を感じる。それにもまして腹が立ったのが、以前に言われたこの一言だった。

「まあな、孫でもできたら、わしらも少し妥協できるかもしれんわ。孫はかわいいからな」

さんざん交際を否定し、罵ったあと、帰り際、私の耳元でささやいたのだ。今さら言うかこんなこと。この男、どこまで私を揺さ振りたいのか。娘と食事療法の必要な病人を抱え、休みなく働くシングルマザーの私に、このおっさんは、学生で、無職で、そのうえ難病の息子の子どもまで生めというのか。いや、できないことを見越して挑発してきたのだ。私の出産前後、誰が生活費を稼ぐのか。私は一日も仕事は休めない。孤軍奮闘で塾を守らなければならない私には、そんな自由は許されなかった。

一見非の打ち所のない、善人ぶった人たちの恐さを思い知った。人は「自分は絶対に正しい」と思っている限り、相手は「絶対に正しくない」のだ。道を踏みはずした正しくない奴は、どんなに攻撃しても許されるのだ。こうして私は、この夫婦の総攻撃を受け、敗北した。倒れながら思った。

「田舎の人は大らかで親切やなんて、誰が言ったんや」と。

あらゆる固定観念は危険と学んだ私だった。この人たちとは金輪際、家族になんかなりたくない。秋夫の両親の言動を思い出すと、私は頭から汚物をぶっかけられたような感覚を、いつでもどこでも味わうことができた。もっとも、彼らの挑発に乗って、はりきって戦った私も私だった。私がもう少しだけ賢かったら、こんな人たちとの不毛な争いは避けただろうに。いや、こんな人たちとは出会うことさえなかっただろう。私の愚かさが、彼らに無慈悲な発言をさせたのか。そして侮辱という矢を全身に受け、ハリネズミのようになって倒れた。その上、戦いの最中、肝心の秋夫は自滅した。なんという様《ざま》か。できるものならばこの胸から壊れた心を取り出し、薄汚れたブロック塀に思いきり投げつけてやりたかった。もう二度と恋はしないという誓いの証として。

八、ありがとう、さようならチャトラン

そのおばさんは、歳の頃六十代前半。やや小太りで、といってもその歳にしてはそんなものだろうというよくある寸胴体型で、センスも良くはないが、それなりに金をかけて身なりに気をつけているようだった。確か二、三回、道ですれちがったことがあり、なんとも利己主義な顔をした人だなあと思った記憶があった。その険しい表情が思いやりのない性格をずばり証明していた。

その日、私と、余命いくばくもない様子でヨロヨロと歩いている我が家の老犬チャトランは、いつものように散歩に出た。めずらしく浪人中の娘もついてきた。二人と一匹は、ゆっくりと歩いていた。暑くもなく寒くもない、秋の日の夕暮れ時。感傷に浸るには、犬はあまりにも体調が悪く、飼い主は、日々の仕事と弱りつつある犬の世話で疲れきっていた。

それでも、なんとか犬は排せつを終え、私はほっとしてそれを拾い、とぼとぼと帰路に就こうとしていた、その時だった。

「あんた、毎日こんな小汚い犬を連れて、きれいに掃いた家の前をうろうろせんといて」

いきなり怒声がした。

はっとして声の方を見ると、例のおばさんが立っていた。

「この犬、よぼよぼして不潔やないの」

おばさんに向かって、私はきっぱりと答えた。

「排せつ物の始末はしています」

「そんな問題やないの」

おばさんはヒステリックに叫んだ。

その時、私の中で何かがはじけた。

「うるせー、くそ婆！　黙れっ。ここは天下の公道やで。歩くのにいちいちあんたの許可がいるんかいっ」

あーあ。こんな汚い言葉を使うとは。元夫が生きていたら、どんなに怒っただろうか。あの人はいつも、下品な言葉は人間の品性を損ねると言っていたのに。

しかし、この人にはどんな呼びかけよりも、くそ婆がぴったりだった。

おばさんは、思わぬ反撃にたじろいだ。まさか、小柄でおとなしそうな女が、ドスの効いた大声でこんな言葉を叫ぶとは。おばさんは口をポカンと開けてしばしフリーズしていた。醜いにらみあいの数秒後、

「お父さん、たかし君、じゅんちゃん、ちょっと出てきて。早く早く」

とおばさんが大声を出した。援軍を呼んだのだ。

（おばさん、けんか売るなら、人の力借りるなよ。ええ歳して自分の言葉の責任は、自分でとれよ）

私は、腹もくくらず、けんかを売ってきたおばさんに教えてやりたかった。人の犬のことをあれこれ言う前に、自分の性格をどうにかしろよと。

私は、おばさんの方に一歩踏み出した。その瞬間、恐ろしく強い力で右腕を引っぱられた。

「母さん、帰ろう」

有無を言わせない奈々子の声だった。おばさんに向かって、

「すみません」

一礼をすると、彼女は私と犬を引きずるようにして、雑居ビルの二階の教室まで連れ帰った。

「なんで謝らないかんの、あんな人に。もうあんまり生きられんチャトに、なんであんなひどいことが言えるんや。自分は大きな家に住んで、毎日、自分の家の前だけをきれいにして、いいもの食って、いい服を着て。なんで、主人を亡くして、病に苦しみながらも必死に生きようとしているチャトの散歩にまでケチをつけるんや。自分は何でも持ちながら、なんでチャトの一つしかない楽しみを奪おうとするんだよ」

と怒鳴りながら、教室の十五余りのすべての机と椅子を力まかせになぎ倒した。まだ傍迷惑《はためいわく》な体力、気力のあった私だった。

ふと気づくと、チャトがすまなそうに老体を横たえ、上目づかいにじっと私を見ていた。悲しいほど澄んだ青みがかった目だった。

「チャト、悪くないよ、あんたは。少しも」

「悪いのはあの婆や」と言おうとしたが、チャトランの愁いを帯びた目を見るともう何も言えなくなった。

チャトは、こんな私なんか見たくないのだ。争いを好まない、心やさしいとてもおとなしい犬だった。

カタン、カタン、カタン、カタン。

奈々子が憮然とした顔で、一つ、また一つと机と椅子を起こしていた。この子は、これからもいつもこんなふうに、ため息と共に生きていかなければならないのだろうか。

(ごめん。バカな母さんで)

心で詫びた。

元夫の死から一年余り、それぞれが大同小異の喪失感を抱きながらも必死で生きてきた。父の死の影響か受験に失敗し浪人生になった奈々子。子宮ガンの大手術をしたチャトラン。それらの費用を稼ぐため、再び鬼の形相で働いていた私。

この数ケ月後、チャトランは元夫を追って旅立っていった。

私、奈々子と去っていった家に最後まで残り、元夫に尽くしてくれたチャトラン。この忠犬がいなかったなら、プライドの高いあの人は世間の目を気にして外が明るいうちは散歩にも行けなかっただろう。

元夫が玄関のたたきに倒れて以来、チャトランは、靴箱の下のわずかな隙間から出てこなくなった。最後まで、彼に寄りそって生きてくれた犬だった。まちがいなく、私と娘が去った家で、元夫を支えてくれた。

「チャト、今まで、ありがとう。あんたは、尊い使命を果たしたね。もう十分だよ。主人の死にも耐え、病魔におかされながら、がまん強く生きたね」

涙ながらに声をかけた。一緒に散歩すると、「まあ、シェットランドによく似たかわいい雑種のワンちゃんですこと」と、気どったおばさんによく声をかけられた。チャトランはれっきとした血統書付きの犬だったが、私といると必ず雑種と思われた。貧乏くさい飼い主に寄せてくれていたのだろう。パンが大好きで、パンという言葉を聞くと、いつも体をゆっくりと左右に振り、全身で喜びを表わしていた。こんなことなら有り金すべてでパンを買って食べさせてやればよかったのに。

丸いおしりとふさふさしたしっぽをふりながら、元夫の元に向かうチャトランの後ろ姿が見えるようだった。やっと、二人は再会できる。悲しんではいけない。もう二人は病気に苦しむことなく、毎日、共に美しい景色の中を散歩することだろう。

以前、偶然目にした二人は、夕暮れの空の下、池のほとりにたたずんでいた。元夫が長身をかがめてやさしくチャトの頭をなでていた。

九、姉の苦悩と真珠のネックレス

姉は、ストレスから買い物依存症になった。地方なら建売り住宅三軒分程の散財をした。ある時、一枚三万円はする高級ブランドの新品スカーフを十枚以上見せられた。

「どれでも好きなの一枚あげる。取りなよ」

そう言われた時、私は気づくべきだった。「姉ちゃん、これどうしたん」と問うべきだった。普通のサラリーマンの妻がやすやすと買えるものではなかったのに。その後姉は、一週間ごとに二十万、三十万と母に無心するようになった。父が残した金を、母は悩みながらも惜しげもなく姉に手渡し続けた。それが母なりの愛情の表わし方だった。

「もうこれで最後やで。お父さんのお金はもうなくなったよ」と言って、母が最後の五十万を渡すと、姉は、初めてポロッと涙を流したそうだ。なんて悲しい母娘なんだろう。

私たちは三姉妹だった。四歳上の姉は、頭も良く、リーダーシップもとれる人だったし、才能も豊かだった。看護師を希望していたが、たぶん大病院の看護師長になれる器だったと思う。しかし中学生の時、心臓の手術をしたため、病弱ということで学力至上主義の母の期待に応えられなくなった。妹は、こまねずみのように働く父母を嫌い、常識的な生き方をすべて否定し、高校を中退。そのまま家を出て行った。その結果、中間子の私に、母の期待は集中し、重くのしかかった。

私は母から解放された姉や妹が心底羨《うらや》ましかった。高校卒業まで、恋愛も遊びも避けて、無彩色の日々を過ごした。テストの順位が一位でも下がることは許されなかった。勉強が嫌ではなかったが、たかが成績に、しかもテストのたびに一喜一憂する母が重かった。もっと自由にさせてくれても、最終的に母の希望する大学へ入る自信は十分あったのに。

姉は姉で、自分より妹に期待している母が嫌だったと思う。私に母の関心も愛情も奪われているように感じていたに違いない。結婚後、嫁姑関係のストレスから、買い物依存症になったと思うが、その根底には、妹の方が母に期待されてきたという不満があったのではないだろうか。期待される方も辛いし、されない方も辛かったと思う。だから私は「日本一子どもに期待しない親になろう」と、出産前から決めていた。我が子がサラブレッドでも駄馬でもいい。ありのままの子どもを受け入れようと思った。いや、そうでないと親になる資格はないとさえ思いつめていた。

買い物依存症になった姉は、高価な物を買いまくった。服、バッグ、靴、宝石、スカーフ、食器……。手当たりしだいに買いまくった。そしていらなくなった服の一部を私のところに持ってきた。しかし、姉の有名ブランドの服は、小柄な私には少しも似合わなかった。だから一度も着たことがなく、無用に部屋を占領するだけだった。部屋の一画に積み上げられた、姉のやたら高価で使い道のない衣服の山を見て、奈々子はよく愚痴った。「お母さん、おばさんは自分のいらなくなったものしか持って来んやないの。もういらないとはっきり言えば」

　しかし、母と姉と私の三人で買い物に行った時、私が「かわいい」と言ったキャラクターもののキーホルダーを、姉はわざわざ地下にある店まで引き返して買ってきてくれた。姉が初めて私に現金で買ってくれたものだった。今、それは姉の遺影の前に置かれている。使うなんてとてもできない。どんな高価なものよりも、私にとって大切な姉の形見なのだから。

　キーホルダーをもらった三日後。何か眠れない、嫌な夜だった。どうしても寝つけないので、しかたなくコーヒーでも飲もうと起き上がってキッチンに向かったのは午前五時頃だった。すると通路からバタバタバタという足音が近づき、マンションのドアポケットがカタンと鳴った。

（変やなあ、新聞取ってないのに）と思っていたら、電話が鳴った。甥からで、姉がトイレで倒れていたという。母より一足早く病院へ駆けつけた私は、姉の死を知った。

（お母ちゃんが、このことを知ったらどうしよう。なんとかできんやろうか）

　母のことが心配でしょうがなかった。子どもの死は、さんざん苦労してきた母にとってさえ、マックスの悲劇に違いない。

　最後まで借金に追われて苦しんでいた姉。数日前、皆で、遊園地に行こうと母が誘った時、悲しそうに首を横にふった姉。

「普通に暮らせば、幸せだったんじゃないのか、姉ちゃんは。私みたいに、元夫や元彼の不治の病で悩むこともなく。私みたいに、金を稼ぐため不本意ながら仕事一筋で生きる必要もなく。やさしい夫とまじめでおとなしい二人の息子たちとの生活を、なぜ守らなかったんや」と言いたかったが、姉には姉の苦しみがあったんだろう、きっと。破滅する程の買い物をし、借金地獄へと落ちていくだけの。たぶん、姉は私より強そうに見えて、実はデリケートで、ガラスのハートの持ち主だったのだろう。私は何があっても、目の前の仕事をするために、悲しみを瞬間凍結させて、常備している「笑顔の仮面」をつける技を研《みが》いてきた。（こんなことで今泣いてる暇はないんじゃ）と、自分をむりやり鼓舞《こぶ》して生きてきた。しかし、その技を姉に要求することは酷だったのかもしれない。

私は元夫が亡くなってから、仕事の終わったあと、なぜかまっすぐ帰宅できなくなった。姉の家に寄って、コーヒーとお菓子をごちそうになってから帰る習慣が、一年続いた。姉は遅い時間の訪問者に迷惑だったろうが、いつも接待してくれた。チャトランが、夜中行方不明になった時も一晩中一緒に探してくれた。もっとずっと昔にさかのぼれば、一緒に行ったお祭りで、人にぶつかり、唇から血を流して泣いた六歳の私の口元をティッシュでゴシゴシふいてくれた。姉は、私に対して一言で言えないような複雑な気持ちもあっただろうが、やっぱり地味に私を支えてくれていた。

姉の葬式《そうしき》の時、姉の夫の姪《めい》たちが、「由子《ゆうこ》姉ちゃんは、きっと宝石とかすごいもの持っとんとちがう。帰りに服や宝石のいいもの、もらっていこうよ」と話しているのが聞こえた。私は「おまえらハゲタカか」と叫びたいぐらい異様《いよう》に腹が立った。

姉は、物を買いまくり、散財し、多額の借金の中で持病のケアもおこたり、心臓発作で亡くなった。落ちついて心臓の治療さえしていれば……。もしかしたら、静かな自死のようなものではなかったか。葬式を抜け出し、私は、姉の鏡台の引き出しから真珠のネックレスをこっそり持ち出した。姉がとても気に入っていたものだった。黒いビロードの箱の中で大粒のみごとな真珠のネックレスは、美しくも妖《あや》しく、精油のような高貴な光を放っていた。これは姉ちゃんの命やと感じた。美しく、高価な物をこよなく愛した姉の。それを何も知らない姪たちに渡すわけにはいかなかった。

(これは、姉ちゃんの苦労や悲しみを知らんあんたらが気楽に持つものじゃないんや)

心はざわついた。しかし、姉の初七日を無事終わらせなければいけなかった。身内の葬式中でさえ、悲しみに集中できず、それなりの葛藤を抱えた私だった。

(姉ちゃんのネックレスは、誰にも渡さん。うちが守る。だから姉ちゃん安心してや)

私たち姉妹の心の中には、お互いに複雑な感情がいつもあった。だけど、やはり姉は姉だった。そして、私はどこまでも妹だった。

姉の葬式にさえ顔を出さなかった三つ下の妹とも決別することにした。この日、私は姉と妹を同時に失った。三姉妹で楽しく遊んだ子ども時代は、もう遠い幻の風景となった。

チャトランの死から一年後のことだった。動物をこよなく愛した姉を、姉の愛犬たちやチャトランが、喜びいさんで迎えに来たことだろう。私には見えた。四十九歳の姉が、かわいがっていた犬たちに囲まれて、苦しみのない国へと旅立っていく姿が。
「姉ちゃん、そこで幸せに過ごして。愛犬たちと」

十、辛い旅路を終えた母

三年前、母が九十歳で亡くなった。母は、私が家を建てた時から同居するようになった。しかし、亡くなる数年前から認知症を患い、施設で生活していた。私は苦労ばかりかけた愚かな娘だった。

もっとも、私も幼い時から不肖の娘ではなかった。いや、むしろ小・中・高と勉学に優れ、母の自慢の娘だったはずだ。教育熱心な母の期待に応えて、勉学に励み、クラス委員をしたり、生徒会で活躍したりと、比較的優等生だった。県下随一の進学校にもなんなく入学した。ここまでは良かったが、その後男で二回もつまずいて、母を失望させたり、苦しめたりした。娘を出産後は、塾に没頭する私を助けて、母は昼間の仕事で疲れた体を顧みず、夜は幼い娘の面倒を見てくれた。母がいなければ、私たちの家庭はもっと早く空中分解していただろう。それなのに、元夫は、病のストレスから料理のできない母を罵り、仕事に夢中の私は、母を労《いたわ》ることもなく、本当に罰当たりな二人だった。

さらに悪いことには、四十代は、バリバリ元気に働いていた私が、五十代から毎日のようにどこかここか体の具合が悪くなった。元夫が亡くなってから、ほぼ毎日外食か買ってきた弁当という若い独身の男のような食生活を続けたせいか、血圧、コレステロール値、中性脂肪値もみごとに高かった。全身麻酔でそこそこ大変な手術も三回した。突発性難聴にもなった。更年期の症状か、心臓の調子も悪く、このまま塾を続けていけるかと悩んだことも多々あった。私の不調と並行して、母も確実に老いが進んでいった。

二度の大腿骨の骨折、脳梗塞等々で何度目かの入院のあと、とうとう母は施設に入った。この時点で、私は塾をやめて、母を介護すべきだったのに。私はまたしても、母より塾を選ぶしかなかった。家のローン、自分の生活を考えると、無職という選択ができなかった。

父、祖母はすでになく、わずか数年の間に、元夫、姉、愛犬を亡くしていた私にとって、母は最後の砦だった。母は、ただ一人、どんな時も私を信じていてくれた。その愛の深さに気づかず、うまくいかない人生のうっぷんをどれほど母にぶつけてしまったことか。

「咲のばかやろう」

母の死から、私は自分を許せなくなった。それまでは、自虐ネタを連発しながらも愚かな自分を心のどこかでは「アホやけど一生懸命に生きてる奴」と肯定して生きてきたのだが。

一週間に一度、施設を訪ねて、母の足をマッサージしていると、母はいつも言った。

「あんたにばっかり苦労をかけてごめんな。もう揉まんでいい。あんたが疲れるから。それにしても、おとうちゃんや由子や恵（妹）はなんで来んのやろう」

母は認知症になってさえも、私の心配をしていた。なんであの時、何もかも捨てて、母の介護を選ばなかったのか。もし、母の介護を選択していれば、もっとましな今があったような気がする。母の死後の孤独地獄は、自ら招いたのだ。

先日、夢を見た。病院で暴言を吐いて、暴れている母に、

「お母ちゃん、これからは、うちがどんなことをしてもお母ちゃんは守るから安心して。だからもう怒ったらいかんよ」

と声をかけた。すると母は急におとなしくなった。母は不安だったのだ。私しか頼れないのに、私が少しの間でもそばを離れていたことが。

なんで、母が生きている時に繰り返しそう言ってあげなかったのか。夢から覚めた私は、悔やんだ。本当に言わなければならない大切な言葉を言えなかった私。つくづく本物のクズやなあと。あの頃、学習塾を維持するストレスや、思うようにならない更年期の体の不調に私はもう耐えられなくなっていた。それなのに、朝起きて顔を会わせるやいなや母は、

「咲ちゃん、お母ちゃん海へ飛び込んで死にたいんや。でも海へ行くお金がないんよ」

と、悲しそうに言った。今日も一日働かなければと、心を奮いたたせてようやく起床した私には、それは悪魔のささやきに聞こえた。もっとも聞きたくない言葉だった。

「お母ちゃん、そう言わんと、うちと一緒に生きていこうね。おいしいものでも食べて」

と、やさしく言ってあげればよかったのに。私にはそれさえも言う余裕がなく、「もういいか

げんにして。毎日毎日同じこと言って困らせんといて」と母に怒りをぶつけた。怒るより労りが必要な、体のさまざまな機能を日々失っていく母に。

ある日、母は、私との大げんかのあと、家出した。あわてて裸足で追いかけると、数メートル先をふらふらしながら、どぶ沿いの道を手押し車を押して歩いていた。その小さな体がもし右へふらつくとどぶに落ちてしまう。まちがいなく大けがをするだろう。早くつかまえなければ。その時、背後から一人の男がすごい勢いで駆け出した。男はすぐに母に追いつき、母の肩を抱きかかえ引き返してきた。秋夫だった。私は、ほっとして涙でぐしゃぐしゃな顔で、思わず彼に手を合わせた。このバカは老いた母をこんなに追いつめてしまった。うつ気味の母と私。二人だけの逃げ場のない空間でどんよりと沈んだ日々。深夜、秋夫は、時おり母の好きな和菓子を買って訪ねてきた。格別な話題もなく三人で黙々と食べた。めっきり表情のなくなった母だったが、それでも少し嬉しそうだった。

「秋夫さんはやさしいなあ」

以前、秋夫の悪口ばかり言って、私と口論になっていた母がしみじみと言った。老人が真に求めているのはやさしさだけだった。

その後、母は脳梗塞になり、施設に入った。私は、一週間に一度自転車で往復一時間以上かけて母に会いにいった。

母に対する感謝と、家に連れて帰れない申し訳なさの混じった心で、母の体をマッサージした。

母の顔を拭いたり、マッサージしたりするための両手があることが素直にありがたかった。この手が動かなくなるまで母の体をさすりたかった。

母の意識のなくなる三日前、夕食を食べさせた。食は進まなかったが、無理に食べさせることは嫌だった。あとわずかで燃えつきるかもしれない母に、もう何も無理強いしたくなかった。食べられないものを無理に食べさせられることが母にとって幸せなわけはなかったから。

「お母ちゃん、上手に食べたね」

それが、意識のある母にかけた最後の言葉になった。

母は、この愚かな娘に、一年半余り、親孝行のまね事をさせてくれたのだ。

それがなければ、私は確実に人間失格の烙印を額に押されたはずだった。いや、その方がむしろ楽だったかもしれない。残りの人生、大恥をかいて生きていく方が。

しかし、母は私が人間として生きるために、不自由な体に耐えて、一人ぼっちで施設で生き抜いてくれたのだ。

「母ちゃん、どんなに家に帰りたかったやろう。連れて帰ってあげられずにごめん」

昔、中学校の授業で教えた吉田松陰の辞世の歌の上の句が浮かんだ。

「親思ふ心にまさる親心けふの音づれ何ときくらん」

しょせん親心には、子は勝てない。それが哺乳類の宿命かもしれない。だからこそ、命はつながっていく。だが私の死後、奈々子をこんな悲しい気持ちにはさせたくないととっさに思った。

いや、奈々子は、あんなアホな母さん、トラブルの元やし、これで良かったとほっとするかもしれない。けれど、やっぱり泣くだろうな。でも、涙は一滴でいいよ。昔のように、もう彼女の笑顔を奪いたくないから。天国で奈々子たちの幸せを守るとするよ。岡内家のみんなと共に。今度こそ穏やかに過ごすから安心するといいよ。

生きる辛さを、道に迷ってばかりいる娘にとことん教えて、母は人生をまっとうした。

母が旅立った早朝、開かれた窓から「チッチッチ」という小鳥の鳴き声が驚く程の音量で聞こえてきた。まるで讃美歌のように。

私は、母は良い所へ向かっていると確信した。この小鳥たちに導かれて。

十一、揺らいだ絆

母が亡くなったあとも、娘との微妙なすれちがいや度重なる体の不調に悩む私を、秋夫は支えてくれていた。いや、彼の気くばりのお陰で母の死を乗り越えられたのかもしれない。

「お父ちゃん、お母ちゃん、姉ちゃん、この世の辛かったことをすべて忘れ、今日も一日、心安らかにお過ごしください。そして、ほんの少しだけこのバカと東京の三人を守ってください」

毎朝、母の好きだったコーヒーを供えて祈る日々。

それぞれ生きにくかっただろう三人の平穏を祈ることが、残された私の重要な使命だった。

父母の背負ったあまりにも重い十字架について、それは一言では語れない。とにかく三人の心を安らかに保てるのは、坊さんでもお経でもなく、事情を熟知している私しかいない。ただひたすら祈ることによって、私自身も救われたかった。

しかし、このわずかな安らぎの日々は、秋夫の無分別な行為によってまたもや中断された。彼は私を癒し、支え、そして突然、限りなく深い穴へと突き落とす。昔から何回これを繰り返してきたのか、この男は。

もっとも、今回は彼を昔のように責める権利など、本当は私には少しもないのだが。夫でも彼氏でもない秋夫が、誰を自分のアパートに連れ帰ろうが、私が文句を言う筋合いではなかったのだから。だが、理性に反して、不合理な怒りがマグマのようにフツフツと、どうしようもなく心の底から湧き上がってくるのだった。厳密に言うと、それを怒りという言葉で表現するのは少し違うかもしれない。戸籍上の夫婦より、よほど深い、思いやりの心だけでつながっていると信じていた男が、こっそり内緒で私の知らない生活をしていたという不信感か。彼の世界では、しょせん私は部外者だったという疎外感か。ぴたりとうまく当てはまる言葉を見つけられないことがもどかしかった。

とにかく、秋夫が、あの女を部屋に連れ帰ることを決めた瞬間に、私たちの絆はピシリと音をたてて亀裂が生じたのだ。揺るぎないと信じていた絆が。

信じては裏切られ、裏切られては信じ、それは、たぶんこの男とかかわる限り、永遠に繰り返されることだろう。小児が賽《さい》の河原に必死で積んだ小石の塔が、鬼によって壊されるように。

過去のある時、信じれば信じる程、それに比例して裏切られた時の傷は深かった。元夫は、暴力も八つ当たりもしたけれど、私を決して裏切るようなことはなかった。あの人は浮気はしない。いつも本気しかない。もちろん私もそうだが。もし好きな人ができれば、必ずきちんと私に別れを切り出し、決着をつけて去っていっただろう。その点で、私は元夫を心から信頼していた。今思えば、私たちは性格の不一致ではなく過一致だった。二人とも、ただ一点から一点へと一直線に、脇目も振らず、目標に向かって進むしか能のない人間だった。こんな二人が、ベクトルの向きが反対になった時、別離しかなかった。

雨の日曜日は、嫌いだった。灰色の空からしとしとと降る雨に閉じ込められて、一日を過ごす。そのうち、核戦争後の世界でたった一人生き残っているような錯覚に陥ってしまう。

そんな日の夕方、秋夫が「咲ちゃんいるか。オーレー（俺）や」と顔をのぞかすとほっとした。

「何か世界中で一人ぼっちになった気分やったわ」

と言うと、すかさず彼も言った。

「そうや。俺も、咲ちゃんしか話す人がおらんし。ここに来んと、誰とも話さんと一日が終わるんや。そら寂しいで」

日曜日の夕方、いく度となく繰り返されたおなじみの会話だった。

しかし、ある時から彼は、私の言葉に対して反応しなくなり、無言をつらぬくようになっていた。初めは「えっ」というようなかすかな違和感を覚えたが、まさか部屋に女が住んでいるとは夢にも思わなかった。私以外の話し相手がちゃんと居たのだから、相槌を打てなかったのも当然のことだった。それで何事もなく、今までどおりの相槌を打っていたとしたら、ほんま、殴るよ。この男。

十二、秋夫の母対居座り女

二人の絆の一瞬の綻びを狙っていたように、そこから出現してきたものがあった。

「それ今だ」とばかりに心の壁の重い扉をこじ開けて、ピンクのランドセルを背負った鬼たちが躍り出た。さらに、心の底にたまっていた、ぶくぶくとした不純な気体を発生している汚泥の中からも、パンパンにふくらんだバックパックを背負った鬼たちが飛び出してきた。そこから出てきたものは。秋夫との出会いと別れ、元夫との暮らし、数々の肉親の死。どれもこれも無意識のうちに封印して生きてきたものばかりだった。いや生きるために封印したのだ。意識的に。鬼たちは、奇声をあげながら、それらを所かまわずそこかしこにぶちまけ、縦横無尽に歩き回っていた。傷だらけになった心の壁からやがて血がふき出した。心の小部屋はあっという間に紅に染まった。

しかし、「痛い」とさえ言う余裕は、今はなかった。現実はまたもや急を要していた。血を流している心の手当てと鬼たちの始末はあとにしなければ。

とにかく、今は一時も早くあの女にアパートから出て行ってもらわなくてはならない。自分一人の面倒を見ることさえ大変な、月のうち三分の一は寝込むような難病を患っている秋夫がオーバーワークになって困り果てている。現に体調も悪くなってきている。他人の面倒など、これ以上見られるはずがない。また、彼が塾で仕事をしている時、猛暑の中、絶対にエアコンをつけない女が熱中症にでもなって倒れでもしたらと思うと、気が気でなかった。意識不明の重体にでもなったら、まちがいなく秋夫も微妙な立場に立たされるのではないか。

もっとも当の秋夫は「あの人、健康保険証持ってないんや。医者にかかったら、どんだけお金いるかなあ。俺そんなに金ないし。どうしようか」と、あいかわらず的はずれなことを心配していた。「金の問題だけですむはずないやないの」と怒鳴りつけたかった。

私はたぶんあの女には勝てない。若い頃、売られたけんかから逃げたことはなかったが、あの女は最も苦手とするタイプだった。真っ向からぶつかってくる相手なら、全力で跳ね返して戦うことができる。けれど、女は弱弱しいふりをして、じんわり人の心を浸食し、同情さえ誘うというなかなかの技を持っていた。柔よく剛を制すタイプに見えた。おそらく秋夫の心にも隙をついてスルリと入ってきたのだろう。私は、数々の過去の修羅場の経験から本能的に悟っていた。私には女を追い払うことはできないと。ここは、その昔、みごとに私を一刀両断にし、撃退したなかなか小ずるい秋夫のお母さんの出番だった。

あの人なら、息子に近づく害虫には、情容赦なく対応し、追い払うだろう。正義の御旗の元に。

そこで私は、彼のお母さんに来てもらい、女を説得してもらうことにした。

八十三歳になる秋夫の母は、はりきってやって来た。そして期待どおりの活躍ぶりを見せた。敵ながらあっぱれだった。

「あんた、とにかくあんたはここにはおられんよ。私と一緒に警察へ相談に行こう。今すぐやで」

長々と秋夫の体調を説明し、ここに居座れない事情を納得させようとした私の前説を途中でさえぎり、ズバッと言った。

秋夫の母は、涙を武器に粘る女をみごとに部屋から連れ出し、警察署へと連れ去った。

秋夫が六ケ月の間、出て行くように説得したり、頼んだり、怒ったりしてもできなかったことを、わずかな時間で任務完了した。話し合いの最後の最後に女は、はかなげに言った。

「あの、あまりにも突然なので。もう一度秋夫さんと二人で話し合って、明日以降に出ていくのではいけませんか。冷蔵庫の食材も残っていることですし」。なかなかの切り返しだった。

それを聞くが早いか危機感に襲われたのか、秋夫は、冷蔵庫の中の高価なジュースやプリンをそそくさと女に渡してやった。彼にしてはすばやい行動だった。女は「ありがとう」も言わずに無表情にそれらを受け取った。

お母さんと私を追い返し、秋夫だけならのらりくらりと、このピンチをのりきれるとふんだ女の企みはこの瞬間打ち砕かれた。

タクシーが来ると、お母さんと秋夫は、ぐずる女を急かして警察署に行くために部屋を出て行った。私もあとを追おうとした。

しかし、肝心の女はあとに続かなかった。女は着替えるだけに十分以上の時間をかけた。女はまだ粘っているのだ。その後もうつろな目で壁を見つめてじっと立ちつくしていた。

「早く来なさい」

「はよ、来んか」

秋夫の母と秋夫が交互に、まだ二階にいる女に路上から必死に声をかけ続けた。

行き先が警察署と知って好奇心がわいたのか、（どんな奴が出てくるんだ）とばかりにタクシーの運転手さんの目はワクワク感で輝いていた。本当に他人の出来事は、そのまた他人からはコントにしか見えない。この三人の女と一人の男の演じたコントは、運転手さんにとって、まあまあおもしろい喜劇の一場面だったことだろう。老婆とその息子らしい五十代の男は白昼路上で叫びまくるし、四十代の女はこの世の終わりみたいな顔をして塗装のはげた外階段をとぼとぼ下りてくる。そのあとを追うように、六十代の女がぱんぱんのポリエチレン袋を両手に三～五個ずつ下げて、階段をあたふた往復するし。なんとまあ滑稽なドタバタ劇だったことか。たぶん、この運転手さん、会社に帰ったら、このことを、同僚に笑いながら話すだろうなあ。私だって部外者だったら、〝何やこのコントは。おもしろそうやなあ〟としばし立ちつくして見入ったことだろう。

しかし、「咲さん、その人の荷物二階から取って来て。一つ残らずな」と、秋夫の母に命じられた時から、大根役者の一人として、私もこのコントに参加せざるをえなかった。

その荷物と言われて、改めて部屋の一角を見た。そこには、ゴミの山と見まちがってもおかしくない何かが、パンパンに詰めこまれたポリエチレン袋と、百均で売っている白黒の横じまのトート風の塩化ビニールの大きな袋の山があった。どれも一瞬さわるのをためらう程、みごとに薄汚れていた。無造作に積み重ねられたこれらの袋の山を見ると、ため息が出た。

（やっぱり、うちが運ばされるんですか）

コントを早く終わらせるために、しかたなく私は女の荷物、ざっと見ても十数個はあるゴミのようでゴミでない袋を、恐る恐る両手で持って、階段をかけ下りた。半透明なポリエチレン袋の中から、臭気とともにしょう油の染みがついた駅弁の包装紙が透けて見えた。小さい魚の形をしたしょう油入れもいくつか見えた。袋の中には、女が放浪の旅の途中で集めた物がぎっしり詰まっていた。無料の観光地のパンフレット、列車のチケット、箸の袋、食べたお菓子の箱や袋等々。どれもゴミといえばゴミだが、この女にとっては、大切な所有物かもしれない。秋夫のアパートにしばらく置いてもらえるとわかると、女は、かなり離れた公園まで徒歩で、これらの袋をわざわざ取りに行ったのだから。

女は一つも捨てられなかった。一見ゴミにしか見えないこれらの品々を。他人にとっては、なんの価値もない、しみだらけの弁当の包装紙は女にとってどんな存在だったのか。四十代前半という年齢なら、夫や子ども等々の家族に囲まれて、忙しくもにぎやかに生活している人が多い。しかし、女はいつも一人ぼっちの寂しさをかみしめていたのか。

（旅先で一人で食べた駅弁の包装紙。それは捨てられんわな。それは貴重な想い出の品や）

変なところで妙に共感する自分が恐かった。しかし、まちがいなく、なんやこんな汚い紙捨てればいいのに、とは思えない自分がいた。それは、雨の日の孤独な一日を知ってしまったからなのか。

テレビ番組でリッチな女が有名ブランドのバッグや靴を買い漁るように、また、私が、カプセルトイでガラクタにしかならない一見かわいい物を集めるように、みんな孤独で、なんとか物で、満たされない精神のバランスをギリギリ保って生きているのかもしれない。確かに、当人の経済力によって、集める物にはピンからキリまでランクはある。しかし、物で精神の欠如した部分を埋めようという行為の本質は、もしかしたら同じかもしれない。

リッチな会社経営の女は、数百万のブランドのバッグをクローゼットの棚に並べて心の隙間を埋める。ちっぽけな学習塾経営の女は、一個三百円のカプセルトイの小さなかわいいフィギュアを一列に並べて、じっと見入る時、ささくれ立った心がわずかに癒され、心の溝が埋まる。そして、あの女は、弁当の包装紙をポリエチレン袋の中にストックしていくことで、心の空洞を埋めていたのか。

今まで嫌っていた女がほんの少し哀れに思えた。

私だって一緒やないか。母が教育技術を身につけさせてくれていなかったなら、この女になっていたかもしれない。母は、三度の飯より教育を重んじた人だったから。

いいや、母は、本当は教育というより学歴がすべての人だった。

あれは四十一年前の分娩室。あと一息で赤ちゃんが産まれるという時だった。母が必死の形相で話しかけてきた。

「咲ちゃん、玲子ちゃん（私のいとこ）が京大に受かったそうや。それでええんかあんたは」

このタイミングでこんなこと聞いてくるとは、いかにも母らしかった。

「ええんか」と問われて、なんと答えたらいいんだろう。

「お母ちゃん、うち、玲子ちゃんに負けるの嫌やわ。だから、赤ちゃん産んだら、もう一回勉強して京大受験するわ」

とでも母は答えてほしかったのか。

私はこんな時でも京大にこだわる母にあきれた。おまけに母は、大学で学んだことを生かして、いかに働くかということよりも、ただ学歴が好きなだけだった。

とにかく、分娩直前にこんな質問をする方もされる方も、普通ではないと感じた。

「あら、赤ちゃんの頭が見えていますよ。もう少しよ。がんばって」

助産師さんの言葉で、我に返り、無事出産できた。

でも母のお陰で、一人で飯を食っていける人間になれたのも事実だった。

秋夫は、「あの女と咲ちゃんは、何もかも正反対やった」と言った。

いや、正反対は、案外裏を返せば一致するのかもしれない。ひっくり返すとピタリと重なる図形のように。少なくとも、物を捨てられず固守して集める点では、あの女と重なる部分があった。私だって、孫と見た五年前の映画のチケットの半券さえも捨てられない。それは、もう次に一緒に行けないかもしれないという強迫観念なのかもしれない。もっと言えば、自分にはもうこれ以上の幸せは今後ないのではないかという不安だった。つまり、自分の未来を信じることができないのだ。

そういえば、娘婿の転勤先の東京に初めて訪ねて行った時、毎日一人で出歩いて、娘を怒らせた。あの時も、もう二度と東京に来られないような気がして、これが見納めとばかりに、ほっつき歩いてひんしゅくを買ったなあと。またもや、ばってんのついた苦い過去を思い出した。想い出の品を捨てられないのは、数少ない楽しかった過去にしがみついて、たぶんこれから今まで以上のいいことがないだろうと、無意識のレベルで確信しているのかもしれなかった。

十三、食卓の絵

数々の苦しいことを、その都度前向きのエネルギーに換えて雄々しく乗り越えてきたという私の自負は、痩せ我慢に過ぎなかったのか。なんとか娘に人並みの教育を受けさせ、嫁がせた。この歳まで人様に迷惑をかけずがんばってきた、と思ってはいた。しかし本当は心のどこかに自分の人生に対する不満を秘かに溜め込んでいたのか。自分より幸せそうな人たちへの嫉妬。自分の人生を阻んだ人たちへの憎悪。うまくいかない人生へのうっ憤。愛と信じたものを必死で追いかけて掴みそこねた喪失感。こんなおどろおどろしいものを隠そうとしていたのか、私は。

だから、裂けた絆から飛び出してきた鬼たちは私の欺まんに満ちたうぬぼれをあばくためにあれ程暴れくるったのか。さらに彼らはこんなメッセージをとどめを刺すために投げつけてきたのだった。

「お前の学習塾は、宇宙の神の大いなる御加護を受け存続してきたが、岡内咲の人生はささやかな家庭の幸福から見放されていた」と。

もっとも、私だって世界の各地で飢えや戦争で苦しんでいる人々に比べて、この豊かで平和な日本という国に生まれたという幸運は十分わかっている。この歳まで生死にかかわるような大病にもかからず生きてこられたことも、ありがたいことだと感謝している。でも、私が本当にほしかったものは、パパとママと良い子がそろった平凡で温かな家庭だった。それが一番難しいことだと、思慮深い友は諭してくれたけれど。

誰がなんと言っても、私は、愛に満ちたパパとママと良い子が楽しく食卓を囲む家族の絵がほしかった。皮肉にも現実は、慢性の病を背負った夫は、たいてい食事中は終始ピリピリとしていて機嫌が悪かった。時にはちょっとした私の言葉尻をとらえるがはやいが、胡椒のビンを私の額めがけて投げつけてきた。とっさにうつむいてかわそうとしたが、みごと頭上にビンは命中し、胡椒爆弾が炸裂した。私は、頭上に積もった胡椒をものともせず、娘の話も上の空で、本日の授業の段取りを考えていた。

「お母さんの頭、富士山みたい。急に雪が積もったみたい。わぁ、あっはっは。おもしろいね」

不穏な空気を察した娘はその場を和ませようと、わざとおどけて父親に叱られてベソをかいた。じっとしていても汗が額から流れ落ちるような暑い夏でも、あっという間にこの三人の周りだけは凍りつきそうな食卓の風景だった。

今なら、多少はわかる。家族の囲む食卓は、家族一人一人の尋常ならざる不断の努力の賜物なのだと。夫と私には、その努力が足りなかったと。幼い奈々子だけは一人、その食卓を守ろうとがんばっていたのだと。家庭の不和に巻き込まれた子どもの不安や悲しみさえ気づくことのできない、正義感の強い夫と元教師の妻の築いた、なんとも未熟で安らぎのない歪《いびつ》な家庭だった。きわめて低いハードルを第一走者の奈々子は真一文字に口を結んで必死で飛び越えた。しかし、あとが続かなかった。障害物が現れると体当りする癖のある第二走者の女はハードルを飛び越えるのではなく、真正面から体をぶつけハードルごと倒れた。運動神経抜群の空手家のアンカーの男はその鍛えあげた右足でハードルに鋭い足刀蹴りを見舞い、遥か彼方へと吹っ飛ばした。この無用なプライドだけは高いくせに、大バカヤロウの大人二人はみごとに失敗したのだった。「ハードルの飛び方ぐらい学んどけや」とどこからか声が聞こえてきたような。

女の荷物をタクシーまで運んで、三人を見送ったあと、ひとまずほっとした私の脳裏に浮かんだのは、意外にも夫と娘と私で囲んだ三十数年前のある日の食卓の光景だった。なんで、こんな食卓の絵しか描くことができなかったのか。夜中に時々なる逆流性食道炎のように、苦いものが胃のあたりから込み上げてきた。

「奈々ちゃん、ごめん。バカな母さんで」

奈々子が登場する過去を振り返ると、必ずこの言葉が飛び出してくる。リフレインのように。

十四、何もしない女と綱を離した人たち

女は、警察に保護され、なんとか親戚と連絡がつき、無事故郷へ帰れるらしい。

ひとまずほっとすると同時に、いったん抑えていた秋夫への不信感、怒りが再び湧き起こった。前者はともかくとして、後者は理不尽なものだったかもしれなかったが。また、女にも腹が立った。女は、一日中何もせず、私が秋夫にあげた手のひらサイズのテレビで好きなアイドルの番組を見て、けらけら笑っていたそうだ。そして、真夜中に仕事を終え、買い物をして帰宅した彼を見ると、待ちわびていた主人の帰宅を喜びいさんで迎えるペットのように全身で喜びを表わしていたらしい。

一方、秋夫は仕事で疲れた体に鞭打ち夜な夜な二人分の料理を作っていた。たぶん初めの頃は

楽しかったのかもしれない。その証拠に、女に洋服やパジャマやその他生活に必要なものを買い与えていた。あの不精な男が、よくもそこまで面倒を見られたものだと感心した。

「なんで女に買い物行かせなかったの。料理を作らせなかったの。なんで女に掃除させなかったの。あんたは体弱いのに。無理したらいかんやろ。また倒れたらどうするの」

詰め寄る私に、彼は力なく答えた。

「あの人は、なんにもできんかったんや。掃除をすれば、不注意で水を流しっぱなしにする。米の研ぎ方も知らん。まして、料理はできんし。何でも俺がする方が早いし、するしかなかったんや」

「なんで、もっと早く出て行かさなかったの」

「二月に来て、暖かくなったら出て行ってもらおうと思った。あまりに寒いとかわいそうやから。ところが三月になっても出て行かなかった。この七月まで、毎日のように出て行ってくれと言ったが、どんなに怒っても、頼んでも無理やった。そのあげくには、自分の故郷に結構な家や田畑があるので一緒に来てほしいと言い出して」

「あんた、行くつもりやったん」

「行くわけないやろ。そんな所に」

「行ってあげればよかったのに」

女は両親が続けざまに亡くなり、広い家に一人残された。ゴミと呼ばれた過去のいじめや辛かったことを思い出すと耐えられなくなり、家にあった数百万の金を持って故郷を出奔した。さまざまな地を彷徨い、ここにたどりついた。気づけば所持金は千円を切っていた。心細くなり深夜の公園のベンチに座り、泣いていた。そこにたまたま通りがかったのが秋夫だった。

偶然か必然かはともかくとして、不完全で孤独な二つの魂が出会ったのだろう。やさしい保護者を必要としていた女。一人暮らしの孤独を抱えていた秋夫。（でもね。一人で生きられん人間は、二人でも生きられんよ。自分一人でもしっかり生きられる人間同士だからこそ、二人で有意義に生きられるんじゃあないか。精神的に自立できない二人がべたべた寄りかかって生きるなんて不健全やし、何か違うよ）。かつて二人で生きることにみごとに失敗した私の言い分だった。

「飼っていた犬を保健所に連れていった気分だよ」と、ため息まじりに秋夫がぼそっと言った。

（飼ったなら、最後まで責任持てよ、男なら。あんたの中途半端なそのやさしさが嫌なんだよ）

私は、心の中で思いきり毒づいた。

十五、鼻くそ

確かに秋夫はやさしかった。私の額のたんこぶを、氷をくるんだハンカチで冷やしてくれた。

私がベンチに座る時にはさっとハンカチを広げてくれた。

会えばいつも、私が持っている荷物を奪うように持とうとした。

「咲ちゃん、王女様はそんな大荷物持ったらいかん。咲ちゃんに大荷物は絶対似合わん。俺に任せろ」

またある時は、はりきって言った。

「俺、車の免許取ろうと思う。俺が車買ったら、咲ちゃんにもう道を一歩も歩かせんからな。咲ちゃんの靴に泥がつくことは一生ないよ」

しかし、私はまだ彼の車の助手席に座ったことすらない。

彼は元気な時はいつもやさしさに満ち満ちていた。だが、そのやさしさは日溜《ひだま》りで夢中で遊ぶ子どもたちの世界でしか通用しないものだったのかもしれない。入籍を望めば、すぐにしてくれただろう。

なぜなら、彼にとってそれは鼻くそをほじるより簡単なことだったから。

その昔、彼の署名捺印のある婚姻届を渡されたことがある。

「いつでも出していいよ。咲ちゃんの好きな時に」

違うやろ、これは。この紙を出す前に言うことがあるやろうと私は思った。

けれど秋夫は、一度も言わなかった。

「咲ちゃんの人生に責任持つよ。俺はどんなことをしても、咲ちゃんと奈々ちゃんを養っていくよ」とは。

私がほしかったのは一枚の書類ではなく、その言葉だけだったのに。養ってほしかったのではない。覚悟がほしかっただけだった。秋夫には、相手の人生に対してお互いに責任を持つのが結婚だという概念が欠落していた。良い時も悪い時も共に支えあって生きるという覚悟の欠けた一枚の書類にはなんの意味もなかった。

役所に提出した婚姻届の脆《もろ》さを離婚により思い知っていた私には、形式が問題ではなかった。紙一枚の届を出しても、出さなくても、信じあい尊重しあい、労りあって二人で生きるという覚悟が大切だった。

私が婚姻届を出さなかった理由を言うと、秋夫は「ふーん、咲ちゃんて意外とめんどくさい女なんや。俺にはそんな難しいこと言われてもようわからん」と首をかしげた。これ以上の話し合いは無意味だった。そしてこの件は終了した。

こちらに舞い戻ってから、秋夫はいろんな仕事をした。

ホテルのフロント、ディスコの黒服、喫茶店のボーイ、教材会社の社員、送迎バスの運転手、会計事務所の事務員、バーテンダー、病院の掃除係、物流倉庫のパンの仕分け、すべて社会保険労務士をめざして勉強しながらのアルバイトだった。彼は仕事やつきあう人々によってカメレオンのように雰囲気をがらっと変えた。ある時はちょっとしたチンピラ風、ある時はまじめな好青年の労働者風、またある時はインテリサラリーマン風。宗教家とつきあっていた時は魂を抜かれたマリオネットのようになっていた。

その間、秋夫は話し相手がほしい時や、小金を借りたい時、思い出したように、私の前に顔を出した。

また何度も持病が悪化し体調を崩して寝込むこともあった。百パーセント健康という日はまずなかったと思う。私は仕事があり、長時間看病する余裕はないので、よほど具合の悪い時には嫌がる秋夫の母に出てきてもらった。秋夫が故郷を出奔後、彼の父母は、私より一足早く綱引きの綱を離していた。自分たちの言いなりにならない息子はもういらないらしかった。あの戦いは何だったんだろう。こんなにすぐに手を離すなら、なぜあんなに強く綱を引っぱったんだよ、あの人たちは。　私の友人の一人は、「あっちの方が決断力があるね、あんたより。あんたもいいかげんきれいさっぱり縁切りなよ、秋夫さんともあのごうつく婆さんたちとも。全く悪縁だよ」と言って豪快に笑った。(切れるものなら切りたいよ。私も)

だけど、彼の病は依然として重く、悪い時はまるまる一週間起き上がることさえできない。アパートの一室から「助けてくれ」と泣いて電話をかけてくる彼を放っておくことは、さすがにできなかった。入院や手術が必要な時は、しかたなく秋夫の親に連絡した。

しかし秋夫をきっぱり見切っていた両親との交渉は、困難を極めた。

まず父親の方は交渉不可能だった。あの男は「自分の言うことを聞く子はかわいがるけれど、自分に反抗する息子とは、きっちり縁を切る。手も貸さないし、一円の金も出さない」というみごとなまでの一貫性のある論理を打ち出して、妥協の余地は一ミリもなかった。なんや、あのはりきった引っ越し時の態度は。あのくそかったるい鼻歌は。

母親の方は、「あんたがあの子を呼び戻したんやから、面倒みなさいよ」とありもしない因縁をつけ、私に必死で押しつけてきた。秋夫はこの人たちにとって、もはや、無用の長物、なんの価値もないお荷物でしかなかった。自分たちの財産を守るために、息子さえきっぱり切り捨てるという、何か寒気がする程完ぺきな自己防衛能力に長けた御歴歴だった。もしこの二人が日本の財務相にでもなったなら、あっという間に赤字財政を立て直すことだろう。それ程弱者を切り捨てる手管はみごとだった。

嫌や、こんな人たち。岡内家は皆生き方の下手な人ばっかりだったけど、この人たちと正反対に父も母も愚かな娘たちと親族を捨てることができなかった。父母の生き方を否定し家を捨てた妹にさえ、秘かに援助していた。おまけに母は無心《むしん》する姉を哀れに思い、父が命を削るようにして残したお金をすべて差し出してしまった。その余波を受け、私はやっぱりいくつになっても働き続けなければいけなくて、余裕のない日々の中、母は施設に入るはめになった。父母は私が大学進学の頃、親族の連帯保証人になり、一度家も他の財産もすべて失っていた。その後、彼らは五十代から働きに働いた。父は、母のため買った小さな家のローンを払い終え、必死で貯めた少々の預金を母に残すと、この世を去った。定年後、再就職した会社を辞めて二ケ月後のことだった。若い時はお国を守るため整備兵として出兵し、戦後は日本の高度経済成長を支える一戦士となった。

長距離トラックの運転手として、夜を徹して、何十年もの間、毎日のように地方と東京を往復していた。口数の少ない純朴な人だった。反対に母は美人で気位が高く、学歴至上主義の人だった。東大卒の父親を持つ母には、工業高校出身の夫は不満だったんだろうけれど。母の高学歴の父親は皮肉にも事業に失敗し、旧家を傾かせて亡くなったらしい。ほらみろ！　学歴がなんぼのものや。私はいつも心の中では反発していた。しかし、戦争中の学徒動員により体を壊し、京大進学をあきらめたという母の無念をはらすため、しかたなく京大めざしてがんばっていた。めったに笑わない母の満面の笑みが見たくて。入試の直前、病にかかり偏差値が落ちたため、一ランク下の国立大に志望を変えて合格した。母に笑顔はなかった。母にとって京大以外はどの大学でも同じだったらしい。結局、経済的な理由もあり、家から通える地味な地元国立大に進学した。

入試の数ケ月前、病のため勉強が進まなくなった私は一日だけ不良になった。学校をさぼって制服姿のまま一人映画館へ向かった。『高校生無頼控』というタイトルの映画を見てささやかな反乱を終えた。高校時代、初めて吸った自由な空気だった。父は、平凡で善良な一市民だった。しかし、学歴と家柄の大好きな料理のできない妻と、三人の一癖二癖ある娘たち。このメンバーでは、家族で囲む食卓の実現は難しかった。

父は寂しかっただろうな。「これ、おいしいねえ、お父ちゃん」「お父ちゃん、ご飯おかわりしようか」という食卓での普通の会話は、我が家では皆無だった。それでも父はやさしかった。その父の死後、再び母は姉のため、無一文になった。最後は血の涙を流し、歯を食い縛って金を出していた。

とにかくそんな両親を見てきたからか、私は、秋夫の両親の計算高さに嫌悪感を持った。自分たちが死ぬまで困らないだけの十分な財産を持ちながら、もはや跡取りの役割を果たせそうもない病気の息子に一円の金も使いたくないそぶりが理解できなかった。秋夫が、親の思いどおりにならず、大病を患《わずら》っているからといって捨てようとするのか。そして、以前排斥した女に、面倒を押しつけるのか。恥を知れと言いたいが。まあ、自分たちが無傷で生きるためのあっぱれな処世術ではあった。

私の両親がその十分の一でも彼らのまねができていたならとはがゆかった。それでも私は粘り強く秋夫の母と交渉し、秋夫の病状が急変した時や入院時には、彼に手を借すことを了解させた。なんと不愉快《ゆかい》な交渉の日々だったことか。しかし、私にもしなにかあったら、難病を抱えている秋夫にとって看病してくれる人がいるかどうかは死活問題だった。

もう秋夫の母とはこれ以上かかわりたくない。だが、皮肉にも彼女にとって私は、秋夫を遠隔操作するための都合の良いアイテムになっていた。この親子は直接交渉を避け、必ず私を間に入れようとした。

とうとう秋夫の母は気づいたのだ。もし、秋夫が今後、なんらかの暴挙に出ることがあったとしても、私が絶対にいさめ、全力で阻止することを。そして、それは、社会的地位も名誉もある男に嫁いだ彼の姉妹を守ることになると。

十六、奈々子の仮面

一日に何回も何回もスマホのメッセージと電話の着信記録を見ることが、いつの間にか私の習慣になっていた。

塾の講師、生徒たち、保護者の方々からのメール、着信記録は当然たくさんあった。しかし、奈々子と孫の典《てん》君からのメッセージや着信記録は皆無だった。

たまりかねて、こちらから電話をかける。何度もかけると案の定うるさがられた。

「ばあばが毎日電話かけてくるから、ママが怒っているよ。ぷんぷんしてるよ」

と、小学三年生になった典君が無邪気な声で言った。

さすがに腹が立った。怒るとは何事かと娘に詰め寄った。さんざん言いあいをしたあと、奈々子は言った。

「母さん、母さんが昔、高木さんとつきあっていた頃、私は、母さんがいついなくなるかと毎日びくびくしてたよ。生きた心地がしなかった」

気がつくと奈々子は、号泣していた。小学校でいじめにあった時も、病気で苦しい時でも、奈々子は泣いたことがなかった。今までに奈々子が泣いたのは、たった二回、祖父が死んだ時と父親が死んだ時だけだった。その奈々子が、四十歳にもなって、子どものように泣いている。

（もういいよ。わかったよ。母さんが悪かった）と心の中で詫びた。完敗だった。

電話を切ったあと、涙がポタポタ落ちてきた。私は、秋夫とつきあっても、奈々子を捨てるなんて夢にも思ったことはなかった。でも、彼女にとっては、気が気でなかったのだ。いつ母がいなくなるかと。だから彼女は、あんなに素直な良い子だったのか。母に気に入られるような。

思えば奈々子は孤独な子だった。父母の不仲のため、一年中冷蔵庫の中にいるような冷えきった家庭で育った。父親は体調によって気分にむらがあり、いつ地雷を踏むかとびくびくして過ごす日々だった。母親は奈々子が学校から帰って来る頃から仕事を始めて、寝たあとで仕事を終えるというほぼすれちがいの生活だった。奈々子と過ごす時間を金のため売り渡していたのだ。そのあげく、若い恋人をつくるとは。なってないやないか、この親たちは。お前らは親の資格なんかないよ。百回ぐらい往復ビンタをくらわしてやりたかった。

奈々子はいつも明るくのほほんと振る舞っていた。我が家のムードメーカーだった。でも、それは彼女の作戦だった。このブリザード吹き荒れる北極圏に建っているような、いつ吹っ飛ばされるかわからない家の中で生き抜くための。彼女は必死で考えたのだ。ほとんどいつもピリピリカリカリしている親たちに叱られないために。そして粉砕ぎりぎりの家庭をかろうじて維持するために。

私は何を見ていたのだろうか。奈々子は金銭的に不自由せず、祖父母にかわいがられ、一人っ子として、伸び伸び暮らしていると思っていた。この子の目には、何が映っていたのか。私は安易に自分の不運を嘆いても、奈々子の孤独、やるせない気持ちに気づくことさえできなかった。それゆえ彼女の心に真剣に向きあってこなかったのだ。

さらに奈々子には、兄弟がいない。姉と私のように親への不満を言いあうことさえできずに、一人で抱え込むしかなかった。あの無垢な笑顔の下に、どれほどの孤独と不満を隠して生きてきたことか。私も元夫も奈々子を深く愛していた。また祖父母も、彼女を目の中に入れても痛くない程かわいがっていた。

しかし、日々の生活の中で、奈々子は一人孤独をかみしめていた。それがどんなに辛くても、笑顔でいるしかあの家庭の中では許されなかったのだ。私は仕事のため「笑顔の仮面」を着けたが、奈々子は自分自身と家庭を守るため、幼い手で彫刻刀をにぎって仮面を作った。そしてそれを着け続けていたのだ。大病を患うワンマンな父、仕事の鬼の母、その上に我がままな子どもが揃うと、家庭はあまりにもめんどくさい人たちの集団となり、もめ事が絶え間なく起こることは必然だった。なんということか、奈々子は幼心にそれを理解し、「笑顔の仮面」を無理に着けた。そして、一斉の自己主張をさけ、気配を消して生き抜いてきたのか。少しでも明るい平和な家庭を演出するために。我が家で一番演技がうまかった役者は、奈々子だったのだ。アカデミー助演女優賞を取れる程に。

「奈々ちゃん、ごめん。バカな母さんで」

いつどんな時も、奈々子との過去には最後をしめくくるこの言葉が待っていた。

このバカ親は悟った。奈々子は自分の育った家庭も、そのすべての登場人物たち、秋夫を筆頭に父母、祖父母も親族一同も全部嫌いなのだ。もう思い出したくもない人々なのだ。私が過去を封印したかったように、奈々子は過去そのものを丸ごと全部なかったものにしたいのだ。

子どもに世間並みの衣食住を与えていたと思って自己満足していた私は、救いようもない程の大バカだった。何が、パパとママと良い子の家族の食卓の絵だ。私は、燃えさかる火の中に絵を放り込みたかった。もう見たくないよ、そんな偽りの絵なんか。燃えちまえ。ついでに手に入らないものを求め続けてきたこの女も。放り込め、火の中に。

奈々子は、もう卒業したいのだ、過去に必死で演じた明るく無邪気な女の子の役を。あの当たり役を。そして、あの「笑顔の仮面」を投げ捨てたいのだ。本当は私の顔面に投げつけたかったのかもしれない。

私は、すべて理解した。

奈々子は、父母の間で幼い心を痛めた過去に「さよなら」しようとしている。いや、すでに完了形で決別したのだろう。もう、おバカな人たちから離れて、聡明な夫と賢い息子と三人で穏やかで平和な家庭を築くために。奈々子は典君が、よちよち歩きの頃、「もし、この子の心臓が悪くて移植が必要なら、私の心臓をあげるよ」と言ったことがあった。

彼女も命をかけて守るべきものを守ろうとしているのだ。半端な気持ちではなく。

そのため、奈々子は、鉄血宰相と呼ばれたビスマルクのように、鉄血策士になった。

（すごいよ、奈々ちゃん。ビスマルクと肩を並べるなんて）

そして、策士は、苦渋の決断で、この愚かな母を切り捨てることにした。しかし、いきなり、ばっさり切り捨てたら、母が昔のように誰にも止められそうもない迫力で暴れまくり困ったことになる。適当に相手をしながら、適当に機嫌をとりながら、徐々に徐々に静かにあとずさりしながら離れていこう。そのうち母も歳を重ね、いなくなるだろう。きっと彼女はそう考えたに違いない。しかしこれ、親からというよりも、なんか野犬や熊から逃げる方法やないか。


「いや、奈々ちゃん、実に妙案だよ。それでこそ、鉄血策士だよ。自分たち家族三人の幸せを守って守って守り抜きなよ。賢い奈々子なら、典君をきっとりっぱに育てるだろう。ただ、母さんも少しは成長し、奈々ちゃんのためなら、敗北も屈辱も受け入れられるようになったんだよ」

そう言って、少しだけ彼女を安心させてやりたかった。信じないかもしれないけれど。

ただ、自分の幸せだけを追いかけた果てにあるものは……。

母さんも幸せになりたくてさんざんあがいてきたよ。だけど、次々に襲いかかってくる障害と戦うために一つ、また一つと大切なものを捨てていった今、最後に残ったものは、虚無だけだった。

捨てる人間は、いつか捨てられる人間になるのかもしれない。私のように。願わくば奈々子だけには、虚無を背負った鬼たちを見てほしくない。そうだ。奈々子の心の奥底に潜む鬼は、母さんが連れていくよ。この世を去る時に。全部まとめて背負っていくよ。老いぼれた闘犬にもまだ果たすべき役割が残されているような気がした。

十七、狂犬か闘犬か

中学三年次の三者面談会の時だった。

母が「この子は、将来、教師か弁護士にしたいのですが」と言うと、担任の先生が「それは、ちょっと……」と口ごもった。

「学力は十分あるでしょ」と、母が気色ばんだ。

「岡内はいつも委員長としてクラスに貢献してくれてます。この子は一見小型犬のチワワみたいな雰囲気ですけど、中身は闘犬なんですわ。自分が正しいと思ったら、絶対引きません。相手が校長をはじめとする教師でも、男子でも、ヤンキーでも……正義感は強いのですが、男子でもはりとばす勢いで自分の意見を主張します。だから、弁護士というより悪に立ち向かう検事の方が向いていると思います」と、先生はしぶしぶ言った。

母は帰り道、「なんやの。あの先生。闘犬ってなんやの。一度かみついたら、絶対はなさんやいうて。人の子のことなんと思っとんやろう」と、不満そうだった。

しかし、私は、先生はさすが教育者、よく見ていると思った。さらに狂犬と言わず闘犬とマイルドに言ってくれたことに、武士の情けを感じた。

このあとに、ヤンキーに「殴るぞ」と言われ、「殴ってみろ」と答えたのを知った先生は、「お前、もう少しおとなしくせんと、畳の上で死ねんぞ」と、注意してくれた。ありがたい先生だった。

しかし歳月が過ぎ、闘犬もすっかり歳をとってしまった。もう、一度かみついたら離さないという牙も抜け落ちて、歳相応のよたっとした老犬になっていた。前へ前へとひたすら歩いた足も、時々ひざや股関節に痛みが走り、少々もたつくようになった。老犬は時々思うようになった。前だけを見て生きることは本当に正しかったのか。

また、けんかは相手を否定することだ。自分が勝てば相手は負ける。負けた相手は、心穏やかには生きていけないのではないだろうか。秋夫の両親に敗れたかつての私のように。しかし、勝つことだけにこだわって生きることは、さらに心を貧しくしていくのではないか。それならむしろ、勝敗を越えた先にあるものを模索《もさく》してみたい。

私の尊敬するアフガンに用水路を造ったあの医師は、「戦争は何も生み出さない」と言った。怒りや憎しみもまた何も生み出さないのかもしれない。秋夫の例の事件でうつうつとする心を抱え、ふと三階に上る気になった。三階は全フロア物置にしていた。引っ越してから、そのまま放置した荷物。その後も娘が大学院卒業後に持ち帰った荷物、実家じまいから持ち帰った荷物等々がそのまま、所狭しと放置されていた。三階は過去の物品の安置所になっていた。過去の想い出という感情部門は心の襞《ひだ》や底にひそんでいた鬼たちが背負ってやってきた。リアルな物品部門は、この三階に無言で鎮座していた。広いフロアに山と積まれた服、本、布団、シーツや毛布等の布類、バッグ、机、棚、座卓等々の家具類、食器類……。どれも何人家族やという量だった。

特に服類はひどかった。冬が近づいても衣替えの暇がなく、寒さを防ぐため、安物のセーターやカーディガンをとりあえず買い、その場をしのぐ。必要がなくなれば、三階へ上げる。シーズンごとに同じことを繰り返すうちに、この家には何人住んでいるんやという程の量の安物の衣類の山ができていた。食器も家族の食卓にあこがれて、一つ買い、二つ買いするうちに百人家族でも対応できる量があった。これが、ていねいな日常生活を捨て、仕事だけにエネルギーを費やして生きてきた物品部門の結果だった。

姉との違いは二点だった。姉は高価な物を買い、私は安物しか買わなかったということ。姉は買った瞬間にその物を必要としなくなったけれど、私はボロボロのハンカチ一枚も手放せなかったということ。心の中の鬼たちは、エアガンで撃ちまくり、物置の物は捨てて捨てて、捨てまくった。

過去の清算は、私にとって心身ともに壮絶な戦いだった。すべては、あの女の出現がきっかけだった。あの女は、封印した過去を背負った鬼を出現させ、家族のように思っていた秋夫の揺らぐ心をあぶり出した。あの女の存在を知った日から、まさに恐れていた諸行無常の鐘の音が鳴り響き続けるのだった。

先日、二十年ぶりに会った空手部の先輩が、「お前、年相応にふけたなあ。だけど、人間の顔に戻ったなあ、よかったな」と、別れ際にさらっと言った。そうか長いこと人間の顔を失っていたのか。そうだろうな。私は格闘技が大好きで、大学入学時に空手部に入部の希望を出した。しかし、当時のS大空手部は、女子はとらない方針だったので、マネージャーとして籍を置いていた。剛柔流はスポーツ空手ではなく実践武道空手だったので、いつも怪我人が続出していた。だから組手はせず、型だけは一緒に練習させてもらっていた。

空手部の部員は、皆愚直な人ばかりで、実社会にはなかなか馴染《なじ》めず、損ばかりして生きていた。この先輩は、いつも「お前は気が強かけん、女にしておくのは惜しいのお」が口癖だった。また、いつも元夫と私のことを心配してくれていた。

「タカ（元夫の愛称）は一本気やし、お前は勝ち気やし、結婚しても二人うまくいかんのじゃないかのう。お前は、ワシのようなやさしい男がええのになあ」と、今思えば、実に真っ当な助言をしてくれていた。

これから私は、顔だけでなく人間として大切なものを再び取り戻せるのか。いや取り戻さなければ。そうでないと、あの女の出現で見た悪夢がすべて無駄になるような。

十八、風の舞う採石場

七年前、私が本格的に体を壊して塾の仕事を続けられるかどうか悩んでいた時だった。数ケ月ぶりに秋夫がひょっこり現れた。そしてやつれた私を見て心底驚いたようだった。

「俺が、仕事を手伝ってやる。授業はできんけど、事務的なことや雑用をすべて背負ってやるよ。だから、咲ちゃんは授業だけに専念し、その授業も他の講師にできるだけ任せるんや。そうして、少しゆっくりして体をしっかり治せよ。頼むから長生きしてくれよ。そのためなら俺、なんだってするよ」と、泣きそうになりながら言った。

翌日から本当に仕事と暮らしの一部を助けてくれるようになった。早朝、血圧の高い私を心配して、ゴミ捨てさえしてくれた。高齢の母にもやさしかった。彼の配慮のお陰で、私は、初めて塾から離れる時間を持てるようになった。転勤していった娘や孫に会えるようになったのも、趣味が持てるようになったのも、家を掃除できるようになったのも、彼の支えがあってこそだった。そして、少しずつ私の絶不調だった体調は快方に向かっていった。秋夫は、私にとっていつしか家族のようになっていた。こちらに帰ってきてからは、病気の相談や雑談の相手か、気が向いた時に、ふらっと立ち寄って貸りた金を返すかわりに塾の雑用を手伝うだけの関係になっていたのに。かつての無頼な男は、確実に変わりつつあった。少しだけ信じて心を許しかけていた矢先のあの事件だった。

やはり、私たちの道はどこまでもすれちがっていたのか。いや、初めから、一度は出会ってもそのあとは永久に交わることのない、平行線の不思議な道だったのか。

思えば、ずいぶん遠くまで歩いてきたものだ。塾を開いて四十数年がたつ。その間、後ろを振り向く余裕もなく、ただひたすら前へ前へと進んできた。そして、ふと振り返ると、後ろには、誰もいなかった。祖母、父、母、姉、元夫、愛犬、みんなみんな、私が無我夢中で塾をしている間に、遠い世界へと旅立ってしまっていた。もはや取り返しのつかない、心引き裂くようなエピソードを残して。さらに追い討ちをかけるように、かけがえのない娘さえも、私のせいで心に深い傷を負い、離れようとしている。病気になってから支えてくれていた秋夫も、ここでは充たされない何かを求めて、秘かにもがいていたのかもしれない。私があの女と重なる部分に気づいたように、秋夫もあの女にシンパシーを感じたのではないか。病のため定職にもつけず、親・姉・妹から見捨てられたように生きてきた日々の中で。

「日本人は冷たい」

秋夫がポツリと言ったことがあった。

あの女の一件は、はからずも封印していた過去を解放した。そして、暗闇にスポットライトを当て、一つまた一つと見せてくれたのだ。見たくないという意思に反して。

六十六年、必死に生きてきた。迫りくる障害と力の限り戦ってきた。逃げることはできない。卑怯者になってたまるかと。一発殴られたら、二発殴り返そうといつも身構えていた。心にナイフを忍ばせて。それは正しかったのか。それで幸せだったのか。テレビで見る高齢で幸せそうな人たちは、あるがままに流されて、すべて受け入れ、淡々と生きていた。自分の信念を貫くために、ことごとく濁流に逆らって生きてきた私と違って。

何が残ったというのか。後悔という残骸が山と積まれた景色。そこにはさやけく響く小川の音も、花々の豊かな色彩も、伸び伸びと繁った木々の緑もなかった。あたかも褐色の山肌がむき出しになった山奥の採石場のように、殺伐としていた。ただ砂まじりの乾いた風だけがゴーゴーと吹き荒れていた。それでも、歩き続けるしかないのか。この命尽きる日まで。

十九、手紙

早いもので、秋夫の部屋に居座った女の騒動から、もう二年の月日が過ぎ去ろうとしていた。次第に何事もなかったかのような平凡な日常が戻ってきていた。秋夫は私の体を心配し、私は彼の病気を心配する日々。いつも私たちは自分以上に相手の体を気づかっていた。

平行線の二本の道。たとえ二人は別の道を歩いていても、時にその気配を感じ、声をかけあうことはできると気づいたのかもしれない。

裂けた絆。あの時の怒りの正体がやっとわかった気がする。不信感や疎外感は確かにあった。しかし、それ以上にいつかは秋夫を失うかもしれないという恐怖感が芽ばえたからではないか。あの件は、彼の一人暮しの孤独を明らかにした。でも、私はそれに対してどうすることもできなかった。二度の失敗の傷は深く、その傷口はまだ完全には塞《ふさ》がってはいなかったから。秋夫は「俺が元気な間は、咲ちゃんをずっと守るよ」と繰り返し言う。「愚かな恋」は、三十年余りの時を経ていつしか「労りの愛」へと変容していた。

季節は夏から金木犀香る秋へと少しずつ動いていた。

その日、意外と几帳面に日々時間どおりに塾に顔を出す秋夫が、めずらしく夕方の出勤時間になっても現れなかった。

ふと見ると私の机の上に手紙があった。

「咲ちゃん、申し訳ないけど、ここにいられなくなりました。とりあえずここを去るけれど、俺は毎日、咲ちゃんが元気で笑って暮らせるよう祈っています。俺みたいな者にいつも尽くしてくれてありがとう。手づくりの弁当おいしかったよ。雪山の約束、守れなくてごめんな。秋夫」

秋夫は突然いなくなった。失踪の理由は、やはり例の三択しかないだろう。借金。脅迫。女。

雪山の約束か。「私が認知症になったり、もう一人で日常生活が送れない程体が不自由になったら、雪山に連れていって。そこで酒かっくらって睡眠薬を飲んで眠るように死にたいから」と、以前秋夫に頼んだことがあった。

「うん、任せろ。どこでも好きな山に連れていってやるよ。ヒマラヤでもアルプスでも」と、明るく答えていた彼が、最近は「そんなかわいそうなこと、俺できんよ」としんみりと言っていたような。

秋夫は、意外とすぐに帰ってくるかもしれないし、もう二度と帰って来ないかもしれない。こんな日が、いつかは来るかもしれないと予測していたとはいえ、あまりに突然のことで、頭の中が真っ白になった。教務室には、秋夫が以前作ってくれた畳一枚程の塾の看板が置かれていた。ずいぶん傷んでいるので二、三日前から彼が手直しをしている最中だった。昨夜も日付が変わっても、一心不乱に看板の字をペンキで上書きしていた。秋夫はふだんはいいかげんだけど、ものすごくまじめな一面もあった。

来年度からもう十年以上勤めてくれている常勤講師の長島先生に塾長を譲り、私は裏方にまわり雑用係になる予定だった。秋夫の体調も以前より良くなり、働ける日数が増えた。そうなるといつまでもこの小さな塾のパートの雑用係をさせておくわけにもいかない。そこで知りあいの会計事務所に非正規社員として雇ってもらうことになっていた。そこまで話は決まっていたのに、秋夫は突然出奔した。

昼間はまだ暑いと感じることさえあったが、夕方には急に気温が下がり、気がつけば秋の気配がたちこめていた。秋夫は残暑に苦しむ私のために夏を連れて去っていったのか。昨夜、真剣なまなざしで看板に向きあっていた彼の横顔がまだ目の奥に焼きついていた。ひさびさに好きなことに熱中している時の秋夫の目だった。

手紙の横に、五〇〇ミリリットルのペットボトルがぽつんと置かれていた。彼は毎日ペットボトルを一本私に買ってきてくれた。「はい、いいものあげるよ」と言って。

手紙。一本のペットボトル。修理中の看板。その三点を残し、秋夫はいなくなった。突然やって来て、突然去ってゆく。メリー・ポピンズみたいな男だった。彼の存在しない日々を、すぐには想像さえできなかった。でも、秋夫がここより幸せな場所を見つけたとしたら、それでいいのかもしれない。ふと時計を見た。もうすぐ今日の授業が始まる。どんなことがあっても、精一杯、その時の自分の持てる力をすべて出しきって授業をする。そうやって四十年以上生きてきた。「ひとまず凍結」と独り言を言った。教室へ行くために、私は、右手で使い古された笑顔の仮面を掴んだ。悲しむにせよ、心配するにせよ、秋夫の幸せを願うにせよ、すべては授業が終わってからにしよう。今までもそうやって生きてきたじゃないか。

まだ、老犬には、目の前の仕事をやりとげなければという使命感が残っていた。

あとがき

日々、生き辛さを感じていた。それがこの本を書く原動力になった。書いているうちに気づいた。辛いのは私だけじゃない。誰もが人知れず生き辛さをかかえているのだと。あいかわらず何事にも気づきが遅い私だった。

過去に遡って生き直すことはできない。でも未来へは、まだ少し進んでいける。本を書いたことによって、肩の重たい荷物を降ろし、今までより足取り軽く歩める気がする。今後は微力ながらも、世の中のためになる生き方がしたい。

友人にその旨を言うと、「本を書いてよかったやないの。それで心がスッキリしたのなら」と喜んでくれた。

「でも分不相応な無駄遣いをして、そのうえ人の役に立ちたいなんて僭越かな」

「ひとまず心の整理ができたんやから、決して無駄遣いやないよ。むしろ有意義なお金の使い道やわ」

幼馴染《おさななじみ》の言葉は温かだった。

最後に、こんな私に今までかかわってくださった方々に心から感謝したいと思います。ありがとうございました。

この物語はフィクションであり、登場人物、公・私的機関、企業、団体などは実在するものと一切関係がありません。

著者プロフィール

雨意（うい）
趣味は絵を描くこととテレビ番組「家、ついて行ってイイですか？」「猫のしっぽ カエルの手」をみること。
好きな歌は「卒業」（尾崎豊）、「浪花恋しぐれ」（都はるみ・岡千秋）、「リンダリンダ」（THE BLUE HEARTS）。
行きたい場所はディズニーシー、ディズニーランド、イタリアのトスカーナ地方。

ほしあかりの道

2023年6月15日　初版第1刷発行

著　者　雨意
発行者　瓜谷 綱延
発行所　株式会社文芸社
〒160-0022　東京都新宿区新宿1－10－1
電話　03-5369-3060（代表）
03-5369-2299（販売）

印刷所　株式会社フクイン

ISBN978-4-286-29081-2